LE BANDIT
N'ÉTAIT PAS MANCHOT

Jérôme JARRIGE

LE BANDIT N'ÉTAIT PAS MANCHOT

roman

Fayard

Le Prix du Quai des Orfèvres a été décerné sur manuscrit anonyme par un jury présidé par Madame Martine Monteil, Directeur de la Police judiciaire, au 36, quai des Orfèvres. Il est proclamé par M. le Préfet de Police.

Novembre 2002

Prologue

Parny pénétra dans la loge à midi pile, comme chaque jour. Il suspendit son trousseau de clés et se lava les mains à l'évier avant de s'installer.

Sa femme baissa le feu sous la marmite et s'assit en face de lui. Le plat de crudités était sur la table et elle se servit pendant que son mari remplissait son verre de vin. Il se servit à son tour et ils se mirent à mastiquer en silence.

Au bout d'un moment, elle lui fit remarquer :

– C'est drôlement calme ces temps-ci. Même le facteur ne porte rien. Je n'ai pas eu un seul courrier à faire suivre.

– Ne m'en parle pas ! Je n'ai sorti qu'un container d'ordures en une semaine, et il n'était pas plein.

– Il faut dire qu'il n'y a pas grand monde dans l'immeuble. Entre les décès et les ventes à l'étranger, on n'a plus guère d'occupants en dehors de la saison.

– Il n'y a que Mme Marnier qui reste fidèle. Elle est la dernière des propriétaires d'origine et la seule qui habite ici à l'année.

– Au fait, je ne l'ai pas vue ces jours-ci.

– Moi, je lui ai parlé hier, mais pas ce matin...

– Elle est peut-être partie chez son amie.

– Non, elle m'a dit qu'elle ne bougerait pas jusqu'à l'été. C'est drôle. Il faudrait peut-être aller voir si elle a besoin de quelque chose. Elle n'est plus toute jeune !

Parny se leva brusquement et quitta la pièce. Quand il revint, il avait l'air désemparé.

– Je ne comprends pas ! Ses volets sont fermés.

– J'irai la voir après déjeuner.

– Écoute, je suis inquiet. J'y vais tout de suite.

Il s'éloigna à nouveau.

Restée seule, sa femme en profita pour enlever le plat vide. Elle déposa ensuite la cocotte au milieu de la table, mais sans enlever le couvercle, de manière à garder la nourriture au chaud jusqu'au retour de son mari.

Il arriva bientôt et resta debout en travers de la porte.

– J'ai sonné plusieurs fois. Elle ne répond pas.

– Je crois qu'il vaut mieux que j'aille voir ce qui se passe.

Elle passa derrière le guichet, ouvrit l'armoire à clés, prit un trousseau et s'éloigna.

Son mari la suivit en silence dans l'entrée de l'immeuble et la regarda prendre l'ascenseur. Soucieux, il préféra l'attendre.

Au bout d'un moment, il entendit un hurlement de terreur et reconnut à peine la voix de sa femme qui criait :

– Viens vite ! Viens vite ! Ne me laisse pas seule !...

1

Depuis mon divorce, je me suis installé à Juan-les-Pins.

J'ai toujours aimé la mer, et je me contente d'un studio pourvu qu'il comporte une terrasse donnant sur le large.

Le matin, je me lève tôt et fais quelques mouvements de « décrassage » en regardant le ciel et l'horizon. J'aime découvrir ainsi ce que sera la journée. Selon l'état de la mer, sa couleur ou la manière dont je vois les îles de Lérins – nettes ou voilées dans la brume – je sais le temps qu'il fera.

Il faut dire qu'ici les prévisions météo sont faciles : il suffit de pronostiquer du beau temps et c'est presque toujours fiable.

Selon la saison, je passe un survêtement ou je reste en short et tee-shirt.

Dès que j'ai fini mon assouplissement, je descends. Je prends la promenade du bord de mer et cours jusqu'à Golfe-Juan. Au retour, selon le jour, selon le temps, je fais le tour de la Pinède ou je monte directement chez moi.

Après une bonne douche, je m'habille et je vais retrouver Carla.

Carla est ma maîtresse. J'ai l'impression qu'elle a toujours été dans ma vie et je ne sais plus si j'ai divorcé parce que je l'ai connue ou si je l'ai connue parce que j'ai divorcé.

Elle a une dizaine d'années de moins que moi. Cheveux courts très noirs et yeux malicieux, elle a un corps superbe. Pas une beauté académique. Elle n'aurait pu être mannequin car elle n'est pas assez mince et n'a rien de commun avec ces femmes maigres et osseuses dont on dit qu'elles sont belles juste parce que n'importe quel vêtement posé sur elles flotte librement au vent.

Elle a au contraire des formes où il faut, juste aux endroits que les hommes aiment toucher. Sa poitrine, bien que très développée, reste galbée et se dresse devant elle quand elle est nue. Ses fesses, généreuses et rebondies, demeurent fermes sous une peau douce et soyeuse.

Je ne sais pas si elle m'aime, si elle tient à moi parce que je lui donne du sexe ou si elle m'est simplement attachée parce que je suis flic. Ce n'est pas important. L'essentiel pour moi, c'est que, à l'inverse des autres femmes que j'ai connues, elle est toujours en forme et toujours prête : à parler, à écouter, à travailler ou à faire passionnément l'amour. Elle est toujours opérationnelle...

Ce qui m'attire en elle, c'est cette faculté

qu'elle a de se rendre disponible et de respecter ensuite l'indépendance de l'autre. Elle ne pose jamais de questions sur ma vie en dehors d'elle. Quand j'arrive au bar qu'elle tient dans le quartier chaud de Juan, ses seules questions se résument à demander si j'ai faim ou soif. Pour le reste, il n'est pas nécessaire de parler et elle a le don de déceler le désir dans mon regard. Elle confie alors ses affaires au barman et me conduit à l'étage, dans son petit appartement décoré comme une bonbonnière.

Carla me fait merveilleusement l'amour. Elle a trouvé instinctivement les gestes que j'aime et me donne plus de plaisir qu'aucune autre ne m'en a jamais donné. Elle ne s'oublie pas pour autant et fait partie de ces femmes libérées de tout tabou, qui savent exprimer leurs fantasmes et se laissent emporter par leur sexualité.

Quand je sors de ses bras, je suis apaisé et je reprends sereinement ma vie, quels que soient mes soucis du moment.

Aujourd'hui, je suis de repos. Nous ne sommes pas encore parvenus à passer aux trente-cinq heures dans la police et nous n'y parviendrons sans doute jamais. Mais quand la situation est calme, comme en ce moment, j'arrive à récupérer un jour de temps en temps.

Après mon footing, j'ai retrouvé Carla qui m'a servi un solide petit déjeuner. Je suis assis, bien calé sur la banquette, détendu, le ventre plein et je lis *Antibes-Matin*.

Mon portable est coupé. J'irai ensuite faire un tour en ville. Puis je reviendrai déjeuner et je compte m'organiser une sieste coquine. Je suis déjà tout émoustillé rien que d'y penser.

Malheureusement je ne vais pas pouvoir y rêver plus longtemps car la porte vient de s'ouvrir et Mussard se dirige vers ma table.

Mussard est mon bras droit. C'est un commandant avec qui j'aime bien travailler. Il est grand et mince mais costaud. Originaire de la Réunion, il est métissé et sa peau sombre est toujours un peu brillante, particulièrement sur son crâne soigneusement rasé.

Très sportif, il passe beaucoup de temps à courir ou à faire du VTT. Il surveille son alimentation et contrôle son poids ainsi que sa forme. Toujours vêtu avec soin, il n'hésite pas à porter des vêtements excentriques qui surprennent parfois, mais sont accordés à son allure un peu féline.

Célibataire, il aime bien sortir et fréquente les boîtes branchées. Il a un réel succès avec les femmes et en profite largement, ravi de constater que les filles de la région aiment – comme il dit – les « gars des îles ». Ses confidences s'arrêtent là et il ne cite jamais ses conquêtes, persuadé que la discrétion est essentielle, surtout quand on n'hésite pas à fréquenter les femmes des autres.

Pour l'instant, il a l'air préoccupé quand il se plante devant moi :

– Désolé de vous déranger aujourd'hui, patron, mais c'est sérieux. Nous avons une sale affaire sur les bras.

Je suis toujours un peu agacé d'être appelé « patron » à voix haute n'importe où, devant n'importe qui. D'un autre côté, ce n'est pas pire que « commissaire » et je finis par m'y habituer.

Mussard a déjà fait demi-tour et se dirige vers la sortie. Je me lève et je le suis.

La voiture est garée en double file devant le bar. Dès que j'y suis monté, il démarre sur les chapeaux de roue et déclenche le deux-tons. Bonjour la discrétion !

Il tourne devant la Pinède et roule en bord de mer, en direction de Cannes. Arrivé au second carrefour, il tourne à droite et passe sous la voie du chemin de fer. Le feu est rouge. Il ralentit, puis s'impose devant un conducteur médusé qui déboulait à toute allure, sûr de sa priorité. Il bloque son klaxon. Il devait drôlement faire ronfler son moteur pour ne pas entendre notre signal.

Nous sommes maintenant sur le boulevard

Poincaré. Il ne m'a toujours rien dit. Je demande :

– C'est quoi, cette affaire ?

– Un crime, patron ! Une femme qui a été refroidie dans son appartement.

La première idée qui me vient à l'esprit, c'est que ma récupération est terminée, sans parler de la sieste coquine...

Nous prenons une rue à droite. Il s'arrête brutalement devant une belle résidence.

Je suis content d'être arrivé sain et sauf. Il y a longtemps que j'ai renoncé à sermonner Mussard sur sa conduite. La seule façon de l'empêcher de rouler comme un sonné, c'est de lui prendre le volant.

Il y a un attroupement contenu par deux agents du commissariat d'Antibes. Ils me font signe de passer. Je traverse un hall revêtu de marbre. À mon arrivée devant l'ascenseur, un autre policier appuie sur le bouton. Il me murmure :

– C'est au troisième, commissaire.

J'entre dans la cabine, Mussard sur mes talons. Nous nous élevons rapidement, la porte s'ouvre et nous débouchons dans un couloir sombre. Sur la gauche se découpe un rectangle lumineux. Je me dirige vers une porte ouverte. Renard, le commissaire d'Antibes, m'accueille dans l'entrée de l'appartement :

– Salut, Gilles ! Content de te voir prendre le relais.

– Tu l'as identifiée ?

– Bien sûr ! C'est une veuve qui devait bien avoir quatre-vingts ans. Jamais eu affaire à nous. Inconnue du service. Elle vivait ici depuis longtemps et son mari était mort voilà plusieurs années.

– Rien d'autre ?

– Le procureur vient de partir. Étant donné les circonstances de la mort et la personnalité de la victime, il a l'intention d'ouvrir le plus rapidement possible une information pour homicide.

– Où est-elle ?

– Dans la chambre. Au fond du couloir, à gauche.

Il tourne déjà les talons et s'éloigne vers l'ascenseur.

Renard est arrivé il y a trois ans, après douze années de service en Seine-Saint-Denis. Quand je l'ai connu, il était encore marqué par cette expérience. Vêtu de jeans et d'un large blouson de cuir, il ressemblait plus à un voyou qu'à un flic. En le voyant chaussé de grosses bottes ferrées, je l'ai pris pour un motard. En réalité, il arrivait d'un secteur où il fallait savoir se défendre et il m'a expliqué qu'un coup de botte n'était pas, jusqu'à présent, considéré comme une bavure...

Il a vite troqué cette tenue pour des vêtements plus adaptés à ses nouvelles fonctions : veste de tweed, pantalon en velours côtelé et chemise à carreaux sans cravate. Parfaitement au courant de tout ce qui se passe dans son secteur, il a encore du mal à se consacrer aux tâches administratives qui constituent l'essentiel de son activité. Toujours pris entre une tournée d'expulsion ou une assistance à huissier pour une ouverture forcée, il est perpétuellement débordé et ne peut jamais s'attarder quelque part.

Pendant qu'il s'éloigne, j'avance dans une atmosphère lourde. Avant d'entrer dans la pièce, je sens l'odeur de la mort, ce relent indéfinissable que j'ai appris à reconnaître.

La fenêtre est fermée, la lumière allumée. La pièce est assez grande. De style un peu ancien : papier à fleurs, grande armoire vernie et coiffeuse assortie.

Le lit est dévasté, les couvertures pendent vers le sol. Au centre se trouve le corps.

La femme est couchée sur le ventre, entièrement nue. Je remarque une chemise de nuit en boule au pied du lit. J'ai du mal à examiner son corps maigre ainsi exposé. Je me sens incongru en sa présence, devant cette peau ridée figée dans la mort. Son visage est enfoncé dans l'oreiller, comme si on avait voulu le dissimuler. Ses bras sont relevés en arrière et ses poignets attachés avec une cordelette à hauteur de ses reins.

Son dos est lardé de coups de couteau. C'est un vrai massacre, un crime de dément. Le manche d'un couteau de cuisine, profondément enfoncé dans le corps, dépasse hideusement. Dans un réflexe professionnel, je me dis que nous avons au moins l'arme du crime. Mais je reste pantois devant l'horreur de cette boucherie et la colère prend le pas sur l'émotion. Trouverons-nous le monstre qui a commis cet acte horrible ? Subira-t-il un châtiment à la mesure de son crime ?

Je me retourne. Mussard vient d'arriver dans la pièce. Il m'interpelle :

– Le légiste est dans le séjour. Il veut vous voir avant de partir.

Il est visiblement mal à l'aise et j'avoue que le spectacle me secoue aussi. Brusquement, je manque d'air et je lui dis :

– Ne restez pas planté comme ça, mon vieux ! Ouvrez donc la fenêtre de cette chambre, que l'on puisse respirer !

Puis je me dirige vers la porte.

Le docteur Komat est debout devant un guéridon sur lequel il a posé la mallette où il range soigneusement les instruments qu'il vient d'utiliser. Il prend un sachet, y dépose délicatement les gants en caoutchouc qu'il retire de ses mains et se tourne vers moi.

– Bonjour, commissaire ! Il paraît qu'on vous a tiré du lit ?

Je me contente de sourire.

Bel homme, il est comme toujours tiré à quatre épingles. Son costume n'a pas un faux pli et sa cravate de soie brille dans la pénombre. Il examine ses mains manucurées comme s'il craignait d'avoir abîmé un ongle en procédant à l'examen du cadavre.

Le connaissant de longue date, je sais qu'il est inutile de lui poser la moindre question. Il parlera quand il sera prêt, c'est-à-dire quand il aura fini de remettre de l'ordre dans sa tenue.

Il rajuste sa pochette et s'examine dans un miroir accroché au mur. Il doit se trouver irréprochable puisqu'il se décide à parler :

– C'est assez moche, comme vous l'avez constaté. Entre quatorze et quinze coups assenés avec force. Je n'ai pas voulu bouger le corps. Je serai plus précis après l'autopsie : nombre exact de coups, cause de la mort, agression sexuelle éventuelle... Le décès remonte à la nuit dernière. La position sur le ventre, avec les mains liées dans le dos, fait penser à une mise en scène ou à un meurtre rituel. C'est contradictoire avec le nombre et la violence des coups qui n'ont pu être portés que sous l'empire d'une immense colère ou d'une crise de folie. Voilà ce que je peux dire pour l'instant. Faites-la enlever le plus rapidement possible pour me permettre de travailler. Vous aurez mon rapport demain en fin de matinée. Bon courage !

Sitôt le dernier mot prononcé, il se saisit de sa mallette et quitte la pièce d'un pas tranquille, en sifflotant comme un employé rentrant chez lui à la fin d'une paisible journée de travail.

Il ne m'a rien appris que je n'aie constaté dans la chambre. Pourtant, ses remarques me laissent perplexe car elles compliquent la première orientation de l'enquête : doit-on chercher un voleur, un familier en colère ou un maniaque ?

Je ressens à nouveau la lourdeur de l'atmosphère qui règne dans l'ensemble de l'appartement. Je me dirige vers la porte-fenêtre que j'ouvre en grand. Le soleil pénètre dans la pièce. Je suis ébloui en avançant sur le balcon. Au loin, la grande bleue me sourit, comme chaque fois que je la regarde. Elle est calme, si calme, et il fait si beau. Pourquoi doit-on plonger dans les ténèbres d'une enquête sordide, qui s'annonce difficile, juste pour découvrir qui a commis cet acte odieux et s'en remettre à la Justice ?...

– Bonjour, patron !

Je me retourne. Le capitaine Picard vient d'arriver.

Rien de commun avec Mussard. Il est de taille moyenne, bâti en force, massif, avec d'énormes mains qu'il laisse pendre devant lui comme des battoirs. C'est un gars du Nord, blond aux yeux bleus. Il a longtemps pratiqué les sports de combat, mais maintenant qu'il est marié et père d'une petite fille, il n'arrive plus à s'entraîner. Fumeur et grand buveur de bière, il s'empâte. Ses vêtements ne sont plus à ses mesures et il ne parvient plus à fermer le col de ses chemises. Pourtant, il persiste à vouloir porter des cravates et l'effet est désastreux. Sa femme, qui ne travaille pas à l'extérieur, ne doit pas être très soigneuse à en juger par l'état de ses tenues.

Je crains qu'il soit sur une mauvaise pente. Il transpire de plus en plus souvent quand il se déplace, ce qui lui jouera un mauvais tour dans un métier où il faut être capable de courir.

Mais c'est un bon flic, honnête et besogneux, qui forme avec Mussard un excellent tandem. Si différents dans leurs manières d'être, ils s'entendent dès qu'ils sont au boulot et leur complémentarité en fait une équipe redoutable.

Ce dernier vient de nous rejoindre et ils attendent mes instructions.

– Vous pouvez laisser enlever le corps. Le légiste m'a promis de s'en occuper en priorité. Picard, vous me faites l'enquête de voisinage ! La totale. Je veux savoir depuis quand elle habite ici, qui elle fréquente, tout ce que vous pourrez glaner. Mussard, vous rentrez à la boutique ! Vous me recherchez les crimes de maniaques de ces dernières années. Vous me sortez les dossiers de toutes les affaires qui ont la moindre analogie : arme, méthode utilisée, femme seule... Vous faites une enquête au journal sur le même sujet... Rendez-vous demain à onze heures dans mon bureau !

Je les laisse partir et je retourne dans la chambre. J'ai toujours aimé fouiner sur les lieux du crime et m'imprégner de l'ambiance de l'endroit. C'est ma méthode.

Le corps a été enlevé. Le lit est abominable, couvert de sang séché. Cette pauvre femme a été saignée comme une bête. Par qui ? Pourquoi ?

Je mets des gants et j'ouvre les tiroirs de la coiffeuse avec les précautions voulues. Je fais l'inventaire de leur contenu. Linge personnel usagé, rangé n'importe comment, sauf dans celui du bas où sont conservés les souvenirs du mari : trousse de toilette avec blaireau et rasoir, cravates pliées et même une casquette. Au fond, dans une petite boîte, je trouve des boutons de manchette en or. Tout est en parfait état et en ordre, comme si la victime l'avait entretenu régulièrement. Je regarde sous le lit, sous les meubles. Rien.

Dans l'armoire, du linge de maison et un espace penderie contenant des vêtements assez anciens, qui ne paraissent pas avoir été portés récemment. Toutes les poches sont vides. Sous une étagère, un petit tiroir contient des mouchoirs.

J'examine les autres pièces de très près. La salle de bains ne comporte qu'une armoire de toilette suspendue au-dessus du lavabo, avec trois portes étroites recouvertes de miroirs et trois petits tiroirs qui ne contiennent que des épingles et peignes à cheveux. On a l'impression que rien n'a été changé ici depuis que l'appartement a été livré à ses premiers occupants. Les WC sont aussi anciens, propres, sans aucun rangement à visiter.

Au fond du couloir, une pièce noire, sorte de grand placard qui n'a jamais été aménagé, ne comporte que quelques étagères mal fixées. Elles sont pour la plupart couvertes de piles de revues périmées envahies par la poussière. Sur le sol sont entassées de vieilles valises vides et de nombreuses boîtes à chaussures, dont la plupart sont pleines d'objets hétéroclites. Je fais un inventaire rapide. Pas de correspondance, pas de photos ni de papiers pouvant avoir de l'importance.

Je repars au séjour. Visiblement, le mobilier date des années soixante. Plus ancien que l'appartement, il a certainement été amené d'ailleurs. Je regarde même avec une certaine curiosité le lustre, qui ressemble à celui que je voyais autrefois chez mes grands-parents.

Au contraire de la chambre, mal entretenue, cette pièce est impeccable. Pas de poussière sur les meubles. Vaisselle en ordre dans le buffet et service de verres aligné dans la desserte. Les deux meubles sont en placage sombre, vernis, recouverts de plaques de marbre. De beaux bibelots y sont posés, ainsi que quelques vases dont l'un contient un bouquet d'œillets encore frais.

Les fauteuils du salon sont en skaï, avec des accoudoirs en bois. Le guéridon est posé sur un petit tapis. Dans l'angle se trouve un téléviseur d'un modèle assez ancien, posé sur une table à roulettes. Au-dessous, sur la tablette, plusieurs programmes hebdomadaires diffusés par la presse locale, bien rangés.

Il est évident que la victime, âgée et sans doute fatiguée, ne se consacrait plus trop à son ménage. Mais elle avait le souci des apparences et tenait à garder propre la seule pièce que pouvaient voir les visiteurs.

J'avance vers la cuisine. Évier en faïence sur un bloc à deux portes. Grand buffet en formica à deux niveaux, table et chaises assorties. Comme le séjour, la pièce est propre et en ordre.

Je pousse une porte, au fond, persuadé qu'elle donne sur un cellier. C'était sans doute la destination initiale de cette petite pièce qui a été transformée. Faiblement éclairée par une petite fenêtre garnie d'une vitre cathédrale, elle comporte un bureau et une étagère emplie de livres. Sur le bureau, à côté d'un sac à main usagé, un plumier, un sous-main et le téléphone posé sur un répertoire.

J'ouvre le sac. Il contient tous les objets habituels : porte-monnaie, peigne, mouchoir, chéquier et porte-cartes. Tout paraît intact. Il y a peu d'argent liquide. Les cartes d'identité, d'électeur ou de sécurité sociale n'ont pas été touchées. Dans un compartiment fermé, une carte bancaire et la carte de fidélité délivrée par un supermarché. Au fond, un papier soigneusement plié sur lequel quatre chiffres sont inscrits. Sans doute le code secret. Le vol ne constitue sûrement pas le motif de l'agression. Je prélève la carte d'identité. Elle a presque dix ans, mais, faute de mieux, je vais faire agrandir la photo et la faire passer à Picard.

Entre le bureau et l'étagère se trouve un meuble de classement à porte coulissante. Elle s'ouvre avec fracas et me révèle des rayons bien rangés, comportant des dossiers bien tenus. Je prends le temps de les ouvrir et d'examiner rapidement leur contenu.

D'habitude, en cherchant sans idée préconçue, je finis par trouver quelque chose, un objet qui n'est pas à sa place, un indice quelconque. Aujourd'hui, rien n'a attiré mon attention.

L'équipe scientifique continue à travailler. Je demande un relevé d'empreintes très soigné, sans oublier les pièces humides. Qui sait ? Un dingue pourrait avoir bu ou s'être rendu aux toilettes.

Avant de partir, je visite encore le placard situé dans l'entrée. C'est essentiellement une penderie. Les vêtements sont soigneusement suspendus sur des cintres et des chaussures sont alignées sur le sol. Même impression que dans la pièce principale : il s'agit d'un lieu accessible aux visiteurs et donc bien rangé.

Au moment de quitter la résidence, je

décide de parler aux gardiens. Mes sonneries, mes appels restent sans réponse. C'est curieux ! Dans une résidence de ce standing, ils sont en général astreints à une présence continue pendant la journée. Il faudra vérifier ce point.

2

Je suis allé déjeuner au bar. À la fin du repas, Carla a vu que j'avais quelque chose en tête, mais c'était le coup de feu. Elle s'est approchée de moi et m'a murmuré à l'oreille :

– Tu vois bien la situation. Si tu y tiens vraiment, je m'occupe de toi. Mais si tu me laisses terminer le service, tu ne le regretteras pas.

Je lui ai souri et je suis sorti. J'ai fureté un peu dans le quartier du crime. En pure perte. Les quelques voisins que j'ai réussi à interroger n'ont rien vu, rien entendu. Ils ne paraissaient pas connaître la victime et n'ont eu aucune réaction quand je leur ai montré la carte d'identité.

J'ai néanmoins pris mes marques dans le secteur. Le trajet suivi par Mussard en arrivant n'est pas le plus logique pour une personne âgée se déplaçant à pied. En réalité, la résidence est proche de la mer et on trouve la plupart des commerces nécessaires à la vie courante à proximité.

J'ai à nouveau essayé de rencontrer les gardiens, mais sans succès.

Je suis revenu au bord de la mer. Il faisait un temps magnifique, chaud pour la saison. Les bancs étaient tous occupés. Il faut dire que l'endroit était particulièrement agréable. Il n'y avait pas de brume. En face, les îles de Lérins se dessinaient nettement. Je distinguais parfaitement le monastère. Au premier plan, quelques bateaux, encore peu nombreux, faisaient des taches blanches sur l'horizon. Au loin à droite, les immeubles ensoleillés du cap Croisette formaient une ligne claire au pied de la colline verdoyante.

Il régnait encore un peu d'animation dans les restaurants. Avec un temps pareil, les plagistes avaient sorti les tables pour le déjeuner. Les derniers convives traînaient avant de reprendre le cours de la journée. La plupart d'entre eux recherchaient déjà l'abri des parasols. La saison touristique risque de démarrer tôt cette année. Les engins ont déjà remis en place le sable qui avait été entassé près du bord pendant l'hiver.

Je me suis attardé, comblé par ce spectacle que j'aime par-dessus tout. En même temps, j'ai passé en revue les événements de la matinée. C'est tout de même curieux de voir une femme de cet âge assassinée de cette manière. Le mode opératoire correspondrait mieux au meurtre d'une personne plus jeune et la position du corps, dégradante, évoque plutôt la mort d'une prostituée.

Quand j'ai regagné le bar, il était dix-sept heures. Carla n'était pas là. Mario, son homme de confiance, m'a montré du doigt la porte qui mène à l'escalier, puis, avec un grand sourire, a levé un doigt vers le plafond en faisant un clin d'œil.

Je ne l'ai pas mal pris. Sachant le dévouement qu'il porte à sa patronne, c'était un geste sympathique. Corse comme elle, il était berger dans le village où elle est née, mais rêvait d'aller sur le continent. Un été où elle est allée voir ses parents, elle a décidé de le ramener avec elle. J'ignore s'ils ont couché ensemble. Toujours est-il qu'elle lui a tout appris du métier. Devenu un excellent barman, il paye sa dette en lui étant dévoué corps et âme. En outre, il attire de nombreux clients, surtout dans la communauté corse de la côte. Ils tiennent des conciliabules et je préfère en général ne pas entendre ce qu'ils se murmurent.

Très mince et même sec, il est toujours vêtu de sombre. Son visage allongé paraît triste à force d'être sérieux. Il rit peu et considère la vie avec le regard grave de ceux qui en connaissent le prix. À vrai dire, je me suis parfois demandé s'il n'exerce pas quelque activité illicite au-dehors, par compatriotes interposés. Mais je n'ai jamais rien appris qui puisse me conforter dans cette pensée.

Quand je suis arrivé à l'étage, Carla m'attendait et je dois dire qu'elle a largement tenu sa promesse. Après la scène vue le matin, j'avais besoin de serrer dans mes bras une femme pleine de vie, de la sentir bouger contre moi, de m'allonger sur elle et d'entendre les râles qu'elle laisse échapper quand elle atteint le paroxysme du plaisir. Elle retombe ensuite sur le dos, haletante, les yeux voilés, en disant à chaque fois : « C'est fatigant pour le cœur... », tout en affichant un sourire ravi.

Lorsque nous sommes descendus, c'était l'heure du dîner. Je suis ensuite parti me coucher, sachant que je devais être en pleine forme le lendemain.

Ce matin, j'ai décidé d'aller la voir après le jogging. Pas seulement pour le petit déjeuner, mais parce que j'ai envie de lui dire que j'ai beaucoup aimé le moment que nous avons passé ensemble hier. Elle me regarde intensément, sans un mot. Je sais qu'elle apprécie mes paroles. Sous ses dehors de femme libérée, elle cache parfois sans s'en rendre compte un petit côté fleur bleue.

Je suis en route pour Nice par le bord de mer. Je n'utilise pas la voiture que me fournit l'administration. L'accès à l'autoroute est trop éloigné de Juan et les routes sont trop souvent encombrées. C'est pourquoi j'ai pris l'habitude de me déplacer à moto. Cela me permet d'avancer régulièrement et, en plus, je profite mieux du paysage et de l'air marin. J'ai eu du mal à le faire admettre à mon patron, enclin à croire que ce mode de transport ne correspond pas à l'image que je dois donner. Quelle image ? Nous passons notre temps à fréquenter des crapules et à creuser, de plus en plus profondément, dans l'abject des comportements humains. Dans un tel contexte, comment parler encore d'image ?...

Finalement, il s'est habitué à me voir arriver portant un casque. En outre, quand je me suis retrouvé seul et que j'ai décidé de m'installer à Juan-les-Pins, cela m'a été utile. En effet, mon statut me fait obligation de résider à proximité de mon service, et je n'ai obtenu de dérogation qu'en faisant valoir la rapidité avec laquelle je peux me déplacer à toute heure.

En arrivant, je gare ma moto devant le bâtiment, à côté des emplacements réservés aux collègues des RG. Puis je fonce directement à mon bureau. Je fais aussitôt du café avec la cafetière personnelle que j'ai apportée quand j'en ai eu assez de boire le jus délivré par les machines à pièces qui sont dans le couloir.

J'ai un message : « La juge Pérot désire vous voir de toute urgence ». Je suppose que c'est elle qui a été chargée de l'affaire par le procureur. Elle attendra cet après-midi. Je ne vois pas ce que je pourrais lui dire avant la réunion avec mes adjoints.

J'allume l'ordinateur. Aucun courrier sur la messagerie du service. Cette application moderne, lancée à grands renforts de formations et recommandations, est encore peu utilisée par les collègues, sans parler de la hiérarchie, qui n'est pas près d'abandonner les notes de service sur papier avec fiches d'émargement.

J'attaque la corbeille de courrier. J'ai beau déléguer et limiter les tâches administratives à l'essentiel, elles s'accumulent dès que je m'absente. Je m'y plonge et une heure après je suis débarrassé.

Toujours rien sur l'écran, bien que je sois resté sur la boîte de réception.

On frappe à la porte. Je regarde ma montre : il est onze heures. C'est aussi pour leur ponctualité que j'aime travailler avec Picard et Mussard. Nous formons une équipe réduite, mais efficace. Ils exécutent toujours mes ordres, quoi qu'il arrive, et s'ils prennent souvent de très bonnes initiatives, elles ne sortent jamais du cadre que j'ai tracé.

Ils vont droit à la cafetière et se servent. Il a été entendu une fois pour toutes qu'ils n'ont pas à demander.

Mussard, qui a posé un dossier sur une chaise en arrivant, attaque :

– Bonjour, patron ! J'ai fait les recherches que vous avez demandées. Plusieurs dossiers se rapprochent de notre affaire, mais aucun ne me paraît devoir être retenu. J'ai porté les trois plus ressemblants, pensant que vous aimeriez vous faire une opinion par vous-même.

Je hoche la tête. Il continue :

– J'ai aussi été au journal. Ils ont été très aimables, mais j'ai eu du mal à m'isoler. Ils ne rêvent que de dégotter des tuyaux pour l'édition de demain. À part cela, c'est très pratique : ils ont scanné et numérisé leurs canards des dix dernières années. C'est facile : il suffit de taper un mot-clé pour avoir tout ce qui en découle. J'ai réussi à disposer d'un écran et d'un bureau. J'ai tout essayé : crime, assassinat, couteau, victime âgée... Il n'y a rien de comparable dans la région, ce qui, au passage, confirme la fiabilité de notre système d'archivage. J'ai trouvé trois affaires au niveau national. Deux à Paris, concernant des prostituées, remontent à quatre et trois ans. Une à Lyon a été classée il y a deux ans et demi. Il s'agissait d'un travesti. En résumé, le boulot est fait, mais je n'ai rien trouvé qui puisse nous mettre sur une piste.

Décidément, cette enquête s'annonce difficile. Pas de précédent permettant de raisonner par analogie. Mussard semble pourtant avoir fait le tour de la question et, comme d'habitude, il a parfaitement résumé ses conclusions, sans mots inutiles. Je le lui dis :

– Bon boulot ! Nous pouvons déjà éliminer la série ou la récidive.

Je me tourne vers Picard, mais, au même moment, l'ordinateur envoie le signal signifiant qu'il vient de recevoir un *e-mail*. Je l'ouvre :

ORIGINE : médecine légale.
OBJET : affaire Marnier.

Je tourne l'écran pour que nous puissions lire ensemble et je fais défiler le texte :

La victime a reçu quinze coups dans le dos, tous assenés avec une grande violence. Au moins deux étaient mortels : l'un a traversé le cœur, l'autre a sectionné l'aorte. La position du corps permet de dire qu'elle s'est peu débattue, ce qui laisse supposer – sous toutes réserves –

qu'elle a été tuée par l'un des tout premiers coups reçus.

L'heure de la mort peut être fixée dans la nuit, entre une heure et une heure trente. La digestion était terminée et l'estomac vide. Rien sous les ongles : elle ne s'est pas défendue. La corde à linge qui liait ses poignets n'a pas creusé la peau.

Aucune ecchymose sur le corps, aucune trace, pas même une égratignure. Tout se présente comme si elle s'était couchée docilement et s'était laissé attacher les mains sans se débattre avant d'être massacrée.

Aucune violence sexuelle.

Le docteur Komat a cru bon d'ajouter :

Ne comptez pas sur moi cette fois pour vous donner la clé du problème et bon courage sur le terrain !

C'est très clair, très précis, comme toujours. Pourtant, quelque chose me tracasse : pourquoi ne s'est-elle pas défendue ?

Je clique sur « Répondre » et je tape :

Suis étonné par la passivité de la victime. Avez-vous recherché la présence de drogue dans le sang ?

C'est de nouveau Mussard qui attaque :

– Enfin, c'est impossible ! On n'a jamais vu une chose pareille. Je crois que vous avez raison, patron, cette femme a été droguée.

Je n'ai pas le temps d'envoyer mon message. La réponse arrive déjà. Elle est très simple :

> J'ai omis cette précision : tous les tests de détection ont été faits. Négatifs. Excusez-moi.

Je reste un instant silencieux. Décidément, rien ne va normalement dans cette affaire. Aucune idée ne prospère. Espérons au moins que Picard aura trouvé ne serait-ce qu'un début de piste. Je me tourne vers lui :

– À vous !

Il sursaute, comme s'il était perdu dans ses pensées au lieu de rester attentif. Ce n'est pas son genre. Il faut croire que lui aussi est secoué par le rapport du légiste.

– J'ai commencé par interroger les gardiens. Ils m'ont fait courir, mais ce n'était pas inutile. La femme est complètement bouleversée. Elle n'a pas encaissé le choc de la découverte du corps et passe son temps à pleurer. Ils ont consulté un médecin qui a prescrit des sédatifs qu'elle a pris sitôt arrivée à la loge. Je suis tombé sur eux à leur retour. Le mari a téléphoné au syndic qui les a mis en congés jusqu'à nouvel ordre. Il a aussitôt baissé le store. Elle est allée se coucher. Dans un sens, ça m'a arrangé car, n'ouvrant plus à personne et ne répondant plus à aucun appel, il a pu se prêter à mes questions.

Je comprends pourquoi je n'ai pas réussi à les joindre. Mais Picard n'a toujours pas dit ce qu'il a appris. Selon son habitude, il se perd dans les détails. Il reprend en consultant ses notes :

– Notre cliente s'appelle Clotilde Marnier. Elle est née le 25 juin 1922 et allait donc avoir quatre-vingts ans. Elle est arrivée à Juan-les-Pins il y a environ vingt ans, avec son mari un peu plus âgé qu'elle, quand ils ont pris leur retraite. Ils ont acheté l'appartement sur plan et ont été les premiers occupants de l'immeuble. Ils l'ont payé grâce à la vente de leur commerce à Paris. Ils étaient marchands de vin. Son mari est décédé cinq ans plus tard. D'après les gardiens, il avait gardé une déformation professionnelle : il continuait à déguster un peu trop souvent du vin...

Je commence à trouver le temps long et je le dis :

– C'est un peu ancien, ce que vous nous racontez.

– Je sais, patron, mais il faut savoir qu'ils

vivaient repliés sur eux-mêmes, sans fréquenter personne, et qu'après la mort de son mari elle a filé du mauvais coton. Elle ne sortait plus de chez elle et se laissait aller. Heureusement, une certaine Chantal Bonfils, un peu plus jeune qu'elle, est arrivée dans l'immeuble, sur le même palier, juste en face. Elles ont tout de suite sympathisé, étant toutes deux seules dans la vie. Elles ont pris l'habitude de se recevoir et de sortir ensemble. Mme Bonfils ne réside pas ici en permanence : elle habite Marseille, où elle se fait souvent coincer pour garder ses petits-enfants. Elle n'est pas là en ce moment, mais elle aime beaucoup la côte et vient aussi souvent qu'elle le peut. Il paraît qu'elle a tellement transformé Mme Marnier que maintenant elle sort même quand sa copine n'est pas là. Pas seulement pour les courses, mais pour de longues promenades l'après-midi et même parfois le soir.

Il s'interrompt et me regarde en souriant.

– Excusez-moi, patron, mais les gardiens n'ont pas fait le deuil. Ils en parlent toujours au présent et voilà que je fais comme eux. Je continue. Elle passait tous les jours à la loge échanger quelques mots, surtout avec Mme Parny. C'est pour cela qu'ils ont trouvé le corps. Ils ont été si étonnés de ne pas la voir qu'ils ont essayé de sonner. N'obtenant pas de réponse, ils ont pris le double des clés qu'elle leur laissait et sont entrés chez elle.

Il consulte à nouveau ses notes.

– À part cela, rien de particulier. Elle ne recevait pas d'autres visites. Pas d'autres amis. Pas d'enfants. Pas de famille connue.

Je réalise que Picard vient de nous fournir le seul point positif de cette enquête : Mme Bonfils. C'est la première ouverture nous permettant d'avancer un peu. Nous allons pouvoir interroger une personne proche de la victime. Au moment où je m'apprête à le complimenter, l'ordinateur signale la réception d'un nouveau message. Il provient du laboratoire. Nous nous penchons vers l'écran pendant que je fais défiler le texte :

> L'arme du crime est un couteau qui appartenait à la victime. Il fait partie d'une série accrochée dans la cuisine et ne comporte pas d'autres empreintes que les siennes. Celles-ci sont partiellement effacées, ce qui laisse supposer que l'assassin portait des gants.
>
> La corde à linge qui liait ses poignets provient du balcon situé derrière la cuisine, où elle a été sectionnée, sans doute à l'aide du couteau.
>
> Pas grand-chose à part ces deux éléments. Les empreintes relevées dans l'appartement sont celles de la victime. Quelques autres, qui

ont été passées à l'ordinateur, n'appartiennent à personne de connu au fichier. Toutefois, nous en avons relevées dans le séjour, la cuisine et les toilettes qui appartiennent à une même personne.

Aucune trace d'effraction. Pas une égratignure sur la porte. Serrure de sûreté de bonne qualité en bon état. Au démontage, usure normale. Pas de trace récente ou de rayure sur la graisse.

Bon courage !

Cette fois encore, c'est Mussard qui réagit le premier :

– Le meurtrier ne manque pas de culot ! Il a relevé le store, ouvert la fenêtre, coupé la corde et refermé le tout. Comment a-t-il pu faire tout ça sans la réveiller ? C'est un magicien ou alors elle était sourde !

Picard sursaute :

– C'est justement le cas ! Excusez-moi d'avoir oublié de vous donner ce détail, mais les gardiens m'ont dit qu'elle était sourde comme un pot.

Et il appelle cela un détail... Je m'apprête à réagir, mais il y a autre chose qui me tracasse. Avant d'oublier, je dois poser une question au labo. Je tape mon message :

Merci de comparer dès que possible les empreintes répétitives à celles de Chantal

Bonfils, demeurant à la même adresse, sur le même palier, porte en face.

Je me tourne vers Picard :

– Vous allez contacter les collègues de Marseille et retrouver cette personne. Je veux que vous alliez la voir dès que vous l'aurez localisée. Il faut qu'elle vous dise tout sur son amie. Et même, qui sait, elle acceptera peut-être de venir à Juan. Elle connaît l'appartement mieux que personne et pourrait nous dire si quelque chose a bougé ou disparu...

Puis c'est au tour de Mussard :

– Vous partez pour Juan ! Vous faites comme si Picard n'avait jamais enquêté. Vous interrogez tout ce qui vous passe sous la main : gardiens, voisins, commerçants. Vous essayez de connaître ses habitudes, de faire le chemin qu'elle empruntait pour acheter des provisions ou pour se balader. Tout. Prenez le temps qu'il faudra.

Je les regarde fixement tout en réfléchissant. Je ne vois rien à ajouter.

– C'est tout. Exécution ! Le point demain ici. Même heure !

Dès qu'ils sont partis, je file à mon tour. À moto, j'arrive rapidement à la promenade des Anglais. Pas de problème de stationnement. Je descends dans un petit restaurant à poisson situé sur la plage. J'y suis toujours bien reçu. Le propriétaire est corse. C'est un ami de Carla. Il ne me pose jamais de questions, ne me demande jamais de faire sauter un PV et me laisse manger en paix.

En passant près du comptoir, je le salue et je regarde l'ardoise sur laquelle il a inscrit les plats du jour. Je lui demande comment est le loup grillé. Il me fait un clin d'œil complice. Je sais que je peux avoir confiance et je le commande avec une bouteille d'eau pétillante.

Je m'installe à une table isolée, droit devant la mer. Je la regarde et, comme toujours, elle m'apaise pendant que je passe et repasse en revue les maigres éléments de l'enquête.

Après avoir avalé un café bien serré, je me mets en route pour le tribunal.

Je ne suis pas mécontent que ce soit Chloé Pérot qui soit en charge de mon affaire.

C'est une sorte d'étudiante attardée qui s'écoute parler et ne pense qu'à deux choses. D'abord, se débarrasser le plus rapidement possible, sans faire de vagues, des dossiers qui lui sont confiés. Ensuite, trouver du temps libre pour partir en vacances, le plus loin possible de son bureau pour ne pas risquer d'être rappelée.

Mais je dois reconnaître qu'elle est de tout

repos. Jamais sur le terrain et peu curieuse tant que sa hiérarchie ne la tarabuste pas.

Par contre, je vais devoir faire de nombreux trajets car elle est juge d'instruction au Parquet de Grasse.

On ne peut pas dire que l'organisation judiciaire soit bien accordée à la nôtre.

Question PJ, le service de Nice est une antenne du SRPJ de Marseille. C'est normal. Région oblige.

Question Justice, les choses se compliquent. Selon que les faits se sont produits dans le ressort de l'un ou de l'autre, la compétence sera celle du tribunal de Nice ou de Grasse.

Crime à Juan-les-Pins ? Parquet de Grasse. Au passage, je me félicite d'avoir choisi d'habiter entre les deux. Et plus que jamais, je suis heureux de me déplacer à moto.

Jusqu'à Antibes, je roule machinalement. Ensuite, je suis plus attentif. Je connais bien le trajet, mais je ne le fais pas aussi souvent. Et puis, avec le développement de Sophia-Antipolis, la circulation est devenue extrêmement dense presque à toute heure. Le réseau routier n'a pas été adapté au trafic généré par la zone d'activité. Même à moto, il faut savoir modérer sa vitesse si l'on veut éviter tout risque d'accident.

Le trajet est néanmoins agréable. La traversée du parc départemental de la Valmasque me plaît toujours. Surpeuplé le dimanche dès qu'il fait beau, cet endroit bucolique est désert en semaine, et il n'est pas rare que j'y fasse une halte, le temps de respirer la senteur des résineux.

En arrivant à Grasse, je prends un raccourci. La signalisation routière indiquant le palais de justice fait faire un détour inutile quand on connaît la ville. J'évite l'entrée du public. J'ai mes habitudes à l'arrière pour garer ma moto. Et puis je ne me lasse pas d'en admirer l'architecture, que je trouve beaucoup plus spectaculaire de ce côté-là.

Il est rare qu'une construction contemporaine allie autant fonctionnalité et respect du paysage. Un bâtiment arrondi, largement vitré, domine le flanc de la colline comme un vaisseau tourné vers l'horizon. Un toit mince, rapporté au-dessus, se détache sur le bleu du ciel et le relie à une aile rectangulaire plus classique.

De facture moderne et de construction récente, il réalise le prodige de ne pas dénaturer le site et donne l'impression d'avoir toujours été là.

Bien conçu, agréable à fréquenter, ce palais de justice est à mes yeux le modèle d'un service public digne de ce nom.

Je me dirige rapidement vers le Parquet et me rends directement au cabinet de la juge. En y entrant, j'ai un choc. Elle m'a habitué à ses facéties, mais je ne l'avais jamais vue au palais en tenue de plage. Elle porte un bermuda collant qui met en valeur ses hanches et ses jambes, sans parler du corsage décolleté qui contient difficilement sa poitrine. C'est incontestablement une très belle femme, mais sa tenue n'est guère adaptée à l'endroit où elle se trouve.

Elle bondit de son fauteuil dès qu'elle me voit. Elle est manifestement hors d'elle et je comprends pourquoi son greffier, qui reste le nez plongé dans ses papiers, ne m'a même pas salué. Elle m'interpelle :

– Vous voilà enfin ! Je vous attends depuis ce matin. Vous allez me faire louper mon avion. Vous voulez donc gâcher mes vacances ?

Cette fois elle exagère. Une leçon s'impose :

– Bonjour, madame la juge ! Je suis désolé de vous avoir fait attendre, mais moi, je ne suis pas en vacances. J'ignorais que vous partiez au bout du monde. Votre message ne le précisait pas.

Elle accuse le coup, mais sans pour autant cesser de regrouper ses affaires personnelles. C'est vraiment la scène du départ imminent.

C'est peut-être cette activité fébrile qui la calme, à moins que ce ne soit mon petit discours...

– Désolée, commissaire ! J'ai eu l'imprudence de faire une réservation sans possibilité d'annulation, et voilà que je suis désignée pour cette affaire Marnier. J'ai tout fait pour la refuser ! En vain. Comment se présente-t-elle ?

Je lui résume ce que nous savons. Ce n'est pas long, mais, compte tenu des circonstances, j'ai l'impression qu'elle en est satisfaite. Sa voix semble s'adoucir :

– Heureusement que c'est vous qui menez l'enquête. Je sais que vous allez obtenir rapidement un résultat.

La voilà qui me flatte. Elle doit vraiment avoir besoin de ma collaboration. Elle continue :

– Je ne serai pas joignable pendant quatre jours. Je compte sur vous. Je vous ferai signe dès mon retour. Au fond, c'est une affaire banale et jusqu'à présent les médias ne s'acharnent pas. Bon ! Je dois vraiment partir. Bon courage, commissaire !

Arrivée à la porte, elle se retourne. Elle est vraiment superbe et pendant un court instant je me dis que je partirais bien en vacances avec elle. Je sais que c'est idiot, mais je suis coutumier de ce genre de pensées sans suite. Et puis elle a de la chance de pouvoir se changer les idées au début d'une affaire qui s'annonce pénible. Elle est déjà loin de moi en pensées quand elle ajoute d'un ton détaché :

– Au fait, j'allais oublier. En cas d'urgence, je me suis arrangée avec mon collègue Passeron pour qu'il pare au plus pressé. La hiérarchie est au courant.

Et elle disparaît sans que j'aie eu le temps de répondre. Avant de quitter le palais, je téléphone au service à tout hasard.

Je fais bien : le boss commence à s'impatienter. Je l'appelle aussitôt. Il doit avoir d'autres chats à fouetter. Je lui fais un point rapide et il s'en contente. Tout est au mieux. Avant de raccrocher, il me met néanmoins la pression :

– L'affaire paraît simple. Je vous donne trois jours pour la résoudre. Au-delà, je mettrai quelqu'un d'autre sur le coup !

Tel que c'est parti, je ne vois pas comment ce sera possible. Mais je lui promets que ce sera fait. Après tout, comme on dit chez moi, dans le Berry : « Faut être bin chti pour rin promettre[1]. »

1. « Il faut être bien avare pour ne rien promettre. »

3

La pièce est sombre. L'homme assis au bureau est noyé dans la pénombre. La lueur de la lampe, dont l'intensité est savamment dosée, fait ressortir son visage partiellement caché par des lunettes à grosse monture et encadré par une abondante chevelure grise. Sa voix est monotone et il s'exprime avec un calme mesuré :

– Où en sommes-nous, Mikaël ?

La voix qui répond est faible, mal définie :

– Toujours pareil, docteur. Je fais toujours le même rêve. Ma mère est nue, couchée sur le ventre. Son visage est enfoui dans l'oreiller. Mais, cette fois, quelque chose a changé...

– Quoi, Mikaël ?

– L'homme n'est plus sur elle.

– Comment cela ?

– Vous savez bien. Je vous l'ai déjà dit. D'habitude il y a un homme sur le lit, à cheval sur elle. Il tape dans ses fesses avec son ventre et elle gémit à chaque fois.

– Comment le savez-vous ?

– J'ai ouvert tout doucement la porte. Elle ne me voit pas. Lui non plus. Il a posé ses

mains sur son dos et il rejette sa tête en arrière. Ses yeux sont fermés. Lui aussi gémit.

– Pourquoi n'est-il pas là ?

– Je ne sais pas. Mais je prends sa place. Seulement, quand je suis sur elle, je comprends qu'elle est ma prisonnière. Elle ne peut plus bouger.

– Et alors ?

– Alors je me mets à taper sur son dos. Depuis le temps qu'elle me laisse seul, qu'elle m'abandonne, elle mérite bien une punition.

– Elle ne dit rien ?

– Oh, si ! Elle me supplie d'arrêter, mais je continue, longtemps, jusqu'à ce qu'elle se taise.

– Et ensuite ?

– Plus rien. Mon rêve est fini.

– Vous êtes réveillé ?

– Oui. Et je suis content.

– Pourquoi ?

– Parce qu'il y a longtemps que je devais la punir. Pour toutes les fois où elle m'a laissé seul. Pour toutes les fois où elle m'a dit de rester dans ma chambre pendant qu'elle s'enfermait dans la sienne avec des hommes.

Le psychiatre bouge légèrement sur son siège. Il cesse de prendre des notes et croise ses mains sous son menton.

– Je crois que nous allons arrêter là pour aujourd'hui. Vous venez de franchir une étape.

Vous avez réussi à faire disparaître l'homme pour rester seul avec votre mère. Et vous avez osé la punir ! Vous n'avez plus peur d'elle ! Continuez à penser à ce que vous avez réalisé ! Je suis sûr que vous pouvez encore progresser...

4

La journée a bien commencé. Il fait un temps magnifique, juste un peu frais, idéal pour faire du sport. Le bord de mer est déjà encombré par les chiens, particulièrement actifs après être restés enfermés toute une nuit. C'est vrai qu'il faut de la place pour tout le monde. Il n'empêche que ceux qui courent comme moi le long de la mer doivent être attentifs s'ils ne veulent pas glisser sur un déchet malodorant.

En arrivant à Golfe-Juan, je pousse un peu plus loin que d'habitude, juste pour le plaisir de faire un tour à la marina. J'aime regarder de près ces beaux bateaux qui me font rêver. Il me semble qu'il y en avait moins il y a quelques années, et j'ai entendu dire que l'ensemble des ports de la Côte d'Azur constitue désormais l'un des trois plus importants pôles mondiaux pour la navigation de plaisance.

Au retour, je croise des clubs cyclistes roulant en peloton avant la grosse circulation. C'est cette vie que j'aime le matin sur la Côte, c'est cette atmosphère que j'aime partager.

En revenant chez moi, je suis en pleine

forme. Après une bonne douche, je suis prêt pour une journée active.

Quand j'arrive au bar, Carla n'y est pas. Je monte à l'appartement. Elle vient vers moi et je la serre très fort. Elle sort juste de la salle de bains. Elle sent merveilleusement bon et n'a rien sous son peignoir. J'ai très envie d'elle et, à en juger par son comportement, c'est réciproque. Elle est formidable, ardente et douce entre mes bras. Quand nous nous séparons, je réalise que je ne suis pas raisonnable de m'attarder ainsi juste au commencement d'une enquête. Je me lève très vite et je cours à la douche. Elle essaie de me rejoindre, mais je le lui interdis, ce qui la fait beaucoup rire.

Quand elle descend, je finis d'avaler un café et une tartine beurrée. Je la quitte très vite.

Je retourne chez Mme Marnier. En arrivant, je suis étonné de trouver un agent en faction devant la porte.

– Comment se fait-il que vous soyez bloqué ici ?

– Les gars de l'équipe technique n'ont pas terminé hier et n'ont pas mis les scellés. Ils doivent revenir ce matin. Ils ont demandé au commissaire Renard d'organiser un tour de garde toute la nuit.

– Il y a quelqu'un à l'intérieur ?

– Non, commissaire.

– Vous avez la clé ?

Il se contente de mettre sa main à la poche et me la tend sans répondre. J'ouvre et je me dirige vers la petite pièce.

Je commence par le répertoire téléphonique. Il est très vieux et la plupart des numéros sont de Paris ou de la banlieue. Il date du temps où les Marnier avaient leur magasin. Presque rien dans la région. Juste le numéro des gardiens et celui de Mme Bonfils avec son adresse à Marseille. C'est incroyable ! C'est comme si leur vie s'était arrêtée en arrivant ici.

Je fais l'inventaire des tiroirs du bureau. Dans le premier, il y a un annuaire qui date de trois ans. Aucun nom n'est coché à Antibes. Le deuxième contient de la ficelle et quelques outils. Dans le dernier se trouvent quelques photos dans une boîte sans couvercle. Elles sont toutes anciennes : leur mariage et des clichés pris dans leur magasin, avec des clients ou des employés. Inexploitables pour l'enquête.

Je reviens aux dossiers dans le classeur. Je m'y attarde un peu plus, en pure perte. Avant de partir, je prends le temps de réfléchir car je sens confusément qu'il manque quelque chose. Je passe et repasse en revue ce que j'ai vu et, soudain, je trouve : il n'y a ni lettres personnelles ni cartes postales. Ou bien elle ne recevait jamais de courrier, ou bien elle le détruisait au fur et à mesure. C'est tout de même curieux et ça peut cacher quelque chose. Il faudra se souvenir de ce détail inhabituel.

Je sors et rends la clé à l'agent. Il n'a pas bougé, personne n'est venu. Avant de partir pour Nice, je décide de faire une visite à Renard. Je sais qu'il est bien immergé dans sa ville et qu'il a des indicateurs complaisants. Il pourrait avoir entendu dire quelque chose...

Je monte par le boulevard Wilson. Un peu avant la place du Général-de-Gaulle, je tourne à gauche. Je confie ma moto au planton, ce qui me permet de laisser aussi le casque. Et je me dirige vers le bureau du patron des lieux. J'ai de la chance, il est là et même disponible. Il m'accueille chaleureusement :

– Salut, Gilles ! Content de te voir ici. Tu t'es fait rare ces derniers temps.

– Tu sais ce que c'est. Un peu de routine et pas mal d'occupations dans un autre secteur.

– C'est moche, ce que nous avons vu hier. Tu as un bout de piste ?

– Penses-tu. Rien ! Je t'avoue que je suis passé pour savoir si, de ton côté, tu avais entendu quelque chose...

– J'ai bien essayé, mais je n'ai rien. Ce qui est sûr, c'est que ce n'est pas un crime crapuleux...

– Je sais. On a tout retrouvé : argent, chèques et même une carte bancaire avec son code...

– En plus, mes informateurs m'ont clairement dit que ce n'est pas quelqu'un du milieu qui a fait ça, ou alors c'est un type inconnu qui serait passé par hasard...

– Cela ne correspond pas à un crime de hasard. La mise en scène m'intrigue, et même l'absence d'effraction. Tu sais, j'ai eu le rapport du labo. Ils sont certains que le tueur avait la clé. Il portait des gants. Il a trouvé l'arme du crime sur place, ainsi d'ailleurs que la corde à linge qu'il est allé tranquillement couper sur le balcon arrière. C'est une histoire de fou !

– Justement, c'est un dingue qui a fait ça. Pas d'agression sexuelle ?

– Rien selon le légiste.

– Alors ça ne colle pas. Une femme nue attachée sur un lit, c'est une affaire sexuelle. Quelque chose doit nous échapper.

– Tu parles ! C'est sûr que quelque chose nous échappe ! Je n'ai rien trouvé d'approchant dans les archives.

– Moi, je ne me souviens de rien de tel. Tu sais, dans le 93, j'ai eu mon lot d'affaires dégueulasses. J'ai vu des choses que je n'ose même pas raconter et que je ne parviens même pas à oublier. Mais je n'ai jamais vu traiter comme ça une femme de cet âge.

– En tout cas, si tu apprends quoi que ce soit, appelle-moi aussitôt.

– Bien sûr ! Tu peux y compter. J'ai bien lancé quelques lignes, mais il faut attendre et je ne suis pas certain que ça morde. De toute manière, je me sens concerné. Ce n'est pas parce que je ne suis pas chargé de l'enquête que je vais rester les bras croisés alors qu'on a trucidé une vieille dame sur mon territoire.

Il est temps pour moi de filer sur Nice. Je n'ai rien de nouveau, mais la conversation avec Renard m'a permis de mieux classer mes idées.

En arrivant, je remarque les dossiers laissés par Mussard. Je m'y plonge après avoir branché la cafetière.

Il a tout à fait raison quand il dit qu'ils ne sont pas comparables. Je réalise vite que s'il me les a laissés, c'est surtout pour me prouver qu'il a fait son boulot. Je les referme rapidement. Inutile de continuer à les parcourir et, d'ailleurs, mes adjoints ne vont plus tarder à arriver.

Je n'ai que le temps de me servir et de

m'asseoir. Ils entrent, se servent à leur tour et s'installent en face de moi.

Cette fois, c'est Picard qui ouvre le feu :

– J'ai contacté les collègues de Marseille à propos de Mme Bonfils. Je leur ai même transmis l'adresse. Les Parny l'avaient notée. Il leur est arrivé de faire suivre du courrier quand Mme Marnier était chez elle.

Comme d'habitude, il n'en finit plus de donner des détails inutiles. Je ne peux plus y tenir :

– Alors, qu'est-ce que ça a donné ?

– Justement, patron, ils ne l'ont pas vue ! Elle est partie en voyage, un circuit en Grèce. On a tout essayé en vain. L'agence parle de « circuit découverte ». Les gens partent avec quelques tuyaux et doivent se débrouiller sur place. Ils sont immergés dans le pays. Quand je pense qu'ils paient pour faire une chose pareille ! Vous vous rendez compte, patron, c'est une arnaque.

– Ce n'est pas le sujet, Picard.

– Ce que je veux dire, c'est qu'il faut attendre son retour. Selon ses voisins, il y en aurait pour une semaine, mais personne ne sait vraiment.

– Il me semble qu'elle garde souvent ses petits-enfants. Son fils doit bien savoir comment la joindre.

– Je leur ai dit, patron. Ils vont essayer de le trouver et me tiendront au courant.

– Vous leur avez dit que c'est urgent ?

– Bien sûr. Ils m'ont promis de faire vite.

– Qu'avez-vous fait d'autre ?

Il paraît gêné, puis se décide à parler :

– C'est-à-dire qu'avec cette affaire je risque de rentrer tard les prochains soirs. Quand j'ai vu que je ne pouvais pas avancer avant qu'ils me rappellent, j'en ai profité pour aller faire des courses avec ma femme et je me suis occupé de ma fille.

En d'autres termes, il n'a rien fichu. Décidément, on ne peut plus compter sur lui. Entre sa femme et sa fille, il est perdu pour le zèle...

Je me demande si je vais le secouer un peu ou laisser filer pour cette fois. Je n'ai pas le temps de décider : volontairement ou non, Mussard se porte au secours de son copain :

– Moi, j'ai fait comme vous avez dit, patron. J'ai écumé le quartier. C'est désespérant ! Cette femme était littéralement transparente. Au départ, personne ne sait de qui il s'agit. Et puis, je montre la photo et là, ils la reconnaissent en général. Dans le style : « Ah, c'est elle ? Bien sûr que je la connais de vue. Elle ne parle jamais à personne ».

Il est indigné par ce qu'il raconte. Lui, le

créole qui parle pour le plaisir, qui communique par nature, ne peut concevoir une telle attitude. Il continue :

– Je ne vais pas passer une heure à vous raconter où elle achetait son pain ou sa viande ! Elle fréquentait les commerces du coin depuis pas mal d'années et on m'a même parlé de son mari. Seulement, petit à petit, elle n'a plus parlé à personne. Vous pouvez me faire confiance, patron, je n'ai rien trouvé qui mérite d'être approfondi.

Il s'interrompt et me regarde fixement, comme si quelque chose lui revenait.

– Il y a bien quelque chose que je n'ai pas réussi à savoir. C'est où elle se rendait l'après-midi avec sa copine de Marseille. Les gens savent qu'elles se baladaient longtemps, mais personne ne peut dire où elles allaient. Si vous voulez, je peux creuser ce point. J'ai pensé qu'on pouvait attendre de parler à son amie, mais si elle n'est pas joignable, ça risque de nous mener trop loin.

J'estime que c'est une bonne idée et je le lui dis :

– Il faut creuser, Mussard. Nous n'avons rien d'autre dans cette affaire. Je sens que ça va mal finir avec la hiérarchie. Nous devons nous remuer et trouver quelque chose, n'importe quoi qui nous permette de ne pas perdre la face.

– Le problème, c'est que je n'ai rien sur Bonfils. Je n'ai pas de photo à montrer et je ne sais même pas à quoi elle ressemble. Comment voulez-vous que je retrouve sa trace ?

– Enfin, Mussard, je ne vais tout de même pas vous apprendre le métier ! Allez voir les gardiens de l'immeuble. Ils vous la décriront. Entrez en rapport avec les collègues de Marseille. Elle a bien fait un jour une carte d'identité ou un passeport. On devrait arriver à trouver une photo.

Il me regarde d'un drôle d'air, partagé entre l'envie de répondre et le désir de ne pas m'énerver davantage. Finalement, il garde le silence.

Je me tourne vers Picard :

– C'est valable pour vous aussi ! Quand on patauge lamentablement, il ne faut plus s'arrêter de chercher. Je vous l'ai dit mille fois. Le boulot de flic est un travail de fourmi. Il faut remuer des tonnes d'informations avant de trouver la bonne. À partir de maintenant, il n'y aura plus de pause, plus de répit pour quelque raison que ce soit tant que l'affaire ne sera pas résolue. Ou alors il faudra la classer, ce dont j'ai horreur car cela signifie que le crime parfait existe ou, pire, que le crime gratuit peut être parfait !

Ils me regardent, respectueux et médusés.

Je n'ai pas l'habitude de leur faire des sorties pareilles, mais trop, c'est trop...

C'est à ce moment que mon téléphone se met à sonner. Comme je suis furax, je décide de ne pas répondre. Mais la sonnerie ne cesse pas et je finis par décrocher.

C'est Renard, mon collègue d'Antibes. Je rêve un court instant qu'il a glané quelque chose, qu'il va me fournir une piste. Je demande :

– Tu as quelque chose de nouveau depuis tout à l'heure ?

Et il me répond :

– Oui. Mais ça ne va pas te plaire...

5

Nous sommes à nouveau tous les trois sur la route. Mussard roule comme un fou. Je suis assis près de lui. Picard est monté à l'arrière. Quand je leur ai annoncé qu'il y avait eu un autre crime à Juan, ils ont bondi et se sont précipités vers la voiture. Je n'ai eu que le temps de les suivre. Je ne dis rien tant que nous roulons en ville. Ce n'est pas le moment de distraire le conducteur, qui paraît écarter les autres véhicules pour se faufiler vers le bord de mer.

Après l'aéroport, la circulation est moins dense. Je leur annonce que la nouvelle victime a été tuée dans l'immeuble voisin du mien et que, selon Renard, le scénario ressemble au précédent. Personne ne prononce un mot, comme si la nouvelle nous assommait tous.

La sirène continue à ponctuer notre progression. De temps en temps, quand la route est libre, Mussard la coupe et nous entendons le bruit du gyrophare qui tourne sur le toit.

Je m'efforce de rester calme. Pourtant, je ressens déjà une espèce de provocation. Si c'est le même assassin, le fait de tuer aussi près de chez moi peut avoir un sens.

Devant l'hippodrome de Cagnes-sur-Mer, nous tombons sur un bouchon. Mussard n'a aucune hésitation et monte sur le trottoir, particulièrement large à cet endroit. Nous avançons dans un nuage de poussière et, pour faire bonne mesure, il bloque le klaxon. Arrivé au bout, il se rabat d'un coup, traverse la file et passe à gauche pour avancer plus vite. Cette fois, ce sont les voitures venant en face qui doivent nous éviter. C'est impressionnant mais efficace. Pourtant, je crois nécessaire de rappeler que nous prenons des risques inutiles. Je crie :

– Ralentissez un peu, Mussard ! Nous allons voir une morte. Elle ne va pas se sauver !

Il hoche la tête et lève le pied quelques instants. Puis il repart de plus belle...

Je suis soulagé quand nous arrivons. Mais ce n'est pas pour trouver le calme : nous bondissons du véhicule et nous nous engouffrons en courant dans le hall. Le gardien en faction nous crie :

– Premier étage.

D'un seul élan, nous prenons l'escalier sans ralentir et débouchons sur le palier.

Juste devant nous, une porte est ouverte. Nous sommes éblouis par la luminosité du ciel. C'est un studio dont la baie vitrée donne directement sur la mer. Je connais bien cette vue, c'est la même que chez moi.

La pièce grouille de monde. Je m'approche de Renard, qui se retourne :

– Te voilà enfin ! Je crois que, cette fois, tu vas devoir chercher un maniaque. Regarde, c'est comme pour Mme Marnier.

Le mur de droite est couvert d'un ensemble mobilier fonctionnel comme on en trouve dans les studios. Tout sur un seul pan. Penderie, secrétaire, bibliothèque et lit abattant. Ce dernier est ouvert. Au milieu gît un corps de femme entièrement nu. Ses mains sont liées en arrière, à hauteur des reins. Son dos est lardé de coups de couteau. Celui-ci est resté planté au beau milieu. Seul le manche dépasse.

Je me détourne. Je comprends ce que veut dire mon collègue. Il n'y a aucun doute. Les deux meurtres sont le fait de la même personne.

Les techniciens s'activent. Le flash du photographe lance ses éclairs et plusieurs fonctionnaires s'affairent à relever les empreintes, à examiner tous les objets. Ce sera vite fait. L'appartement n'est pas grand. Une seule porte. Elle est ouverte et laisse entrevoir une petite salle d'eau. À côté, un renfoncement tient lieu de kitchenette.

C'est là que se trouve le docteur Komat. Il a posé sa mallette sur le bar minuscule et, comme à l'accoutumée, range ses instruments. Il me regarde d'un air grave. C'est la première fois qu'il paraît secoué et sa voix est légèrement altérée :

– Même mode opératoire, commissaire. C'est curieux ! Tous les détails sont identiques. Pourtant, à première vue, je relève une différence. La victime semble avoir reçu un coup sur la nuque. Je vous enverrai mon rapport dès que possible, comme d'habitude.

Et, sur ce, il ramasse ses affaires et disparaît.

Renard, qui s'est approché, a tout entendu. Nous nous regardons sans un mot. Le lieutenant Perneau nous a rejoints. Il dirige l'équipe scientifique. Il me confirme les nombreuses similitudes et me promet de m'envoyer ses conclusions rapidement.

Je quitte l'appartement derrière Renard, qui est en train de s'éclipser. Je l'interpelle :

– Tu pars déjà ?

– Oui. Je suis attendu. Au fait, je n'ai rien trouvé depuis la dernière fois, mais ce que j'ai dit tient toujours. Je vais tout faire pour t'aider à serrer le salaud qui chasse sur mes terres.

– Je n'en doute pas.

– N'hésite pas à me mettre à contribution

en cas de besoin. Pour n'importe quoi. Tu peux compter sur moi.

Je le remercie et il s'éloigne.

Arrivé au rez-de-chaussée, je retrouve mes adjoints. Ils sont en conversation avec une femme d'âge mur. Picard me la présente aussitôt :

– Mme Armoni. Elle fait chaque jour le ménage chez Claudia Lapierre. Elle a la clé et ce matin, en arrivant, elle a découvert le drame.

La pauvre femme est livide. Elle tient à peine debout, figée dans un imperméable sombre. Elle ne parvient pas à maîtriser un tremblement qui la secoue tout entière. Je pense qu'il est inhumain de continuer à la torturer. Je lui demande :

– Où habitez-vous, madame ?

– Tout près. À deux rues d'ici.

Sa voix est un murmure. Je me tourne vers Picard :

– Raccompagnez Mme Armoni chez elle. Nous vous attendons. Je ne bouge pas.

Pendant qu'ils s'éloignent, je m'adresse à Mussard :

– Nous la reverrons plus tard. Est-ce qu'elle a dit quelque chose d'intéressant ?

– Je pense bien, patron ! La victime vivait seule, mais avait un amant qui venait régulièrement la voir. C'était une liaison très ancienne et très discrète. Le bruit court que c'est lui qui a payé l'appartement...

– Très bon, ça ! Vous partez sur cette piste. Vous me logez le gars et vous l'interrogez le plus tôt possible, de préférence avant que les médias fassent mention du crime. Ne perdez pas de temps. Cette fois, tout va aller très vite. Nous allons subir la pression. Ils vont se déchaîner. Je vous revois à mon bureau à dix-huit heures.

Il vient de filer quand Picard est de retour.

– Elle est chez elle, patron. Elle se remet. Elle a dit qu'elle reste à notre disposition. Elle ne bougera pas de la journée.

À son tour de recevoir mes instructions :

– Très bien. Pour l'instant, vous allez remonter à l'appartement, récupérer une photo de la victime et commencer tout de suite l'enquête de voisinage. Prenez aussi la photo de Mme Marnier. Je veux savoir si on les a vues ensemble et, si c'est le cas, je veux savoir quand et avec qui. On ne sait jamais. Ces affaires sont pourries. Tout est possible. Réunion dans mon bureau ce soir à dix-huit heures.

Je fais un tour dans le hall de l'immeuble. Ici, il n'y a pas de gardien. La porte d'entrée est ouverte. Elle a été calée. Je la libère et elle se referme en douceur. Je suis coincé sur le trottoir. À gauche, il y a un boîtier classique qui commande l'ouverture si on fait un code. L'immeuble est donc bien protégé puisqu'il est en service même le jour.

Le policier m'aperçoit et vient m'ouvrir. Je lui demande de recaler la porte. En observant mieux, je constate qu'elle s'ouvre aussi avec une clé. Il en est ainsi de plus en plus souvent. Cela évite de donner le code au préposé de la Poste qui dispose d'un passe, mais c'est une faiblesse du système car les serrures sont fixes alors que les codes peuvent être modifiés. Encore que tout cela est devenu bien relatif : en pratique, ils ne sont pas souvent modifiés et, depuis que la mode est aux pizzas livrées à domicile, beaucoup de gens les donnent par téléphone.

Je remonte à l'étage. L'entrée comporte un grand placard qui est aménagé en penderie. Il est plein à craquer de beaux vêtements bien rangés. Sur le côté, quelques étagères sur lesquelles des lainages sont empilés avec soin. La victime était une maniaque du rangement. Pas un vêtement ne dépasse de la pile. En bas sont alignées des chaussures impeccablement cirées.

La salle de bains, petite, comporte tout de même une baignoire, dont le rebord est copieusement garni de pots contenant des sels de bain et autres adoucisseurs de peau.

Le lavabo est posé sur un plan stratifié encombré par les produits de beauté et les fioles de toutes sortes. Au-dessous, des tiroirs contiennent des serviettes de toilette. Dans l'angle, près de la cuvette des WC, un meuble haut, très étroit, garni d'un miroir, a été casé par miracle dans le seul espace disponible. Il contient – encore – toutes sortes de produits de beauté et des serviettes. Pas de doute, notre cliente prenait soin de son corps.

Le coin cuisine est réduit au minimum. Un meuble-combiné, comportant un minuscule évier en inox flanqué de deux plaques électriques ; dessous, un petit réfrigérateur et un placard qui renferme quelques ustensiles. Au-dessus, dans des éléments suspendus, un peu de vaisselle et quelques provisions.

Dans l'angle, une étagère supporte un four micro-ondes et des crochets auxquels sont suspendus des torchons. Le petit bar qui sépare la kitchenette de la pièce principale contient des verres et des bouteilles d'apéritif.

Question cuisine, on peut dire que les choses sont réduites au minimum. Pas de doute, la dame passait plus de temps à la salle de bains.

Dans le séjour, des rayonnages comportant quelques livres et beaucoup de revues. J'ouvre la partie secrétaire. C'est un fatras de papiers en désordre : factures et feuilles d'impôts avoisinent les relevés de banque. Elle ne devait guère s'occuper de ses affaires...

À côté, sous la partie bibliothèque, trois grands tiroirs font office de commode. Ils sont remplis de lingerie affriolante : strings et slips assortis à des soutiens-gorge suggestifs, et nuisettes en tissu arachnéen. Tout ce qui est nécessaire pour arriver à satisfaire les fantasmes masculins.

Dans le dernier tiroir, dissimulé sous le linge, un petit coffret à bijoux qui contient quelques belles pièces. Elles me paraissent authentiques et confirment que, cette fois encore, le vol n'est certainement ni le mobile ni le prétexte de l'agression.

Je reste un peu sur ma faim : il n'y a pas grand-chose, tout compte fait, dans cet appartement. C'est trop net, trop bien rangé, sans rien d'inutile. Elle devait mettre des affaires ailleurs. Une cave peut-être. Il faudra que je lance Picard là-dessus : les caves n'ont pas été fouillées...

En attendant, je dois encore passer chez moi.

Sitôt arrivé, j'appelle le bureau de la juge. C'est le greffier qui décroche :

– Cabinet de Mme Pérot, bonjour !

– Commissaire Dupin ! Je voudrais savoir si madame la juge est de retour.

– Pas pour l'instant, commissaire.

– Savez-vous quand elle doit rentrer ?

– Elle devrait être de retour aujourd'hui, mais je n'ai pas reçu de confirmation.

– C'est très ennuyeux. Je dois lui parler rapidement de l'affaire Marnier.

– Je pense que vous devriez appeler le juge Passeron, qui a accepté de la remplacer pendant son absence. Je l'ai justement eu hier au téléphone et il m'a demandé s'il y avait du nouveau.

– Vous pouvez me donner ses coordonnées ?

– Certainement.

Et il m'indique le numéro de son portable.

J'appelle immédiatement. Dès qu'il décroche, je me présente et le mets au courant :

– Je dois vous joindre en l'absence de la juge Pérot au sujet de l'affaire Marnier.

– Je suis débordé. Est-ce que c'est très urgent ?

– Pas vraiment. En fait, l'enquête s'avère difficile et risque d'être longue. Par contre, nous venons de découvrir un second crime à Juan-les-Pins, et il présente de nombreux points communs...

– Vous voulez dire qu'il s'agit d'un tueur en série ?

– Il est trop tôt pour l'affirmer, mais nous ne pouvons pas l'exclure.

– Écoutez, je vous remercie de m'avoir tenu informé, mais j'ai eu ma collègue il y a un instant. Elle vient d'arriver. Elle est passée chez elle car elle doit récupérer du décalage horaire. Je vous le dis pour que vous évitiez, si c'est possible, de la déranger tout de suite. De toute manière, elle m'a dit qu'elle passerait à son cabinet dans la soirée.

Je le remercie. Visiblement, ça ne le touche pas. Il n'a même pas eu l'air étonné. À force d'étudier des affaires de sang sur dossiers, certains magistrats en arrivent à se détacher complètement de la dimension humaine. Et c'est sans doute très bien ainsi.

Il ne me reste plus qu'à appeler le grand patron. Sa secrétaire me demande de patienter, mais, très vite, j'entends sa voix :

– Alors, Dupin, où en êtes-vous ?

Je commence à débiter mon couplet pour la troisième fois :

– Nous avons un autre crime qui...

Il me coupe brutalement :

– Je sais, Dupin. Vous devez bien vous douter que j'en ai été avisé en même temps que vous. Je suppose que vous êtes allé sur place. Qu'en pensez-vous ?

Pour dire vrai, je sais parfaitement qu'on ne le met pas aussi rapidement au courant des affaires nouvelles. C'est mauvais signe. Je lui réponds :

– Les positions des corps et les modes opératoires sont identiques. Il est hautement probable que les deux crimes soient le fait du même auteur. Seule différence apparente : la dernière victime a reçu un coup à la tête. Je pense qu'il faut attendre les rapports du légiste et du labo qui doivent me parvenir très rapidement. Mes gars sont sur le terrain et nous ferons une synthèse ce soir. Je vous ferai parvenir un rapport détaillé aussitôt après.

– Écoutez-moi bien, Dupin ! Il est évident que vous avez une grosse affaire sur les bras. Je compte sur vous pour ne pas me faire faux bond. Oubliez vos hésitations. Ce sont des crimes de maniaque. Du même maniaque. Il faut que vous arriviez à boucler ce salaud rapidement, sinon vous allez enquêter non plus sur deux, mais sur trois, puis quatre, puis cinq assassinats, et ainsi de suite...

Je pense qu'il va trop vite. Mais je ne vois pas comment le lui dire. Il reprend déjà :

– Rappelez-vous que les médias vont se déchaîner. Vous pensez ! Un tueur en série ! Ils vont adorer.

Je trouve qu'il y va vraiment trop fort. J'essaie de le lui dire en prenant les formes :

– Je partage vos craintes, mais je ne veux

pas partir sur une idée arrêtée *a priori* avant d'avoir les rapports...

Il me coupe à nouveau :

– Très bien ! Faites comme vous voudrez, mais n'oubliez pas : il me faut des résultats ! Et vite ! À partir de maintenant, vous devez me répercuter toutes les informations en temps réel. Vous avez bien saisi ?

– Oui...

Il raccroche.

Je n'aime pas le tour que prennent les choses. Depuis que je suis dans le métier, j'ai certainement commis des erreurs et, comme tout le monde, j'ai pris de mauvaises habitudes. Mais il y a une chose dont je suis sûr : c'est qu'on ne doit jamais mener une enquête en partant d'une certitude qui ne résulte pas d'une constatation ou d'une preuve matérielle ou scientifique. Si mon patron croit pouvoir pratiquer ainsi, libre à lui. Mais il ne faut pas qu'il compte sur moi.

Ce qui rejoint une autre certitude qui est le corollaire de la première : il ne faut jamais agir en fonction des seuls désirs du patron, surtout quand il est sous pression.

Au moment de quitter l'appartement, je m'aperçois que j'ai une petite faim. Je me dirige donc vers le bar. Quand j'arrive, Carla me dévisage attentivement, puis son diagnostic tombe :

– Toi, tu as ta tête des mauvais jours !

Cette fois encore, elle a lu en moi. Je me laisse tomber sur la banquette. Elle va me chercher un verre d'eau pétillante. Mario me dévisage curieusement. Il s'étonne que je ne prenne jamais d'apéritif quand je travaille. Je le fais pour garder les idées claires en toute circonstance. Lui croit que c'est par discipline, parce que je circule à moto. Et il ne comprend pas pourquoi je me prive de ce plaisir alors que ma profession me met à l'abri des contrôles d'alcoolémie.

Je bois à petites gorgées. L'eau fraîche me fait du bien. Carla s'affaire et ne tarde pas à me porter une assiette contenant une omelette au fromage. Elle s'assoit près de moi. Je sens sa hanche contre la mienne. Je sens sa chaleur qui pénètre en moi. Je bouge un peu pour rapprocher nos cuisses et je me laisse aller dans la sensation qui s'est emparée de moi. Elle m'embrasse très doucement et me murmure à l'oreille :

– Tu vas rester un moment ?

Pendant un court instant, j'ai l'impression que je vais céder à la tentation. Mais j'entends encore la voix du patron et ses avertissements. Je ne peux vraiment pas m'attarder.

– J'aimerais beaucoup, mais c'est impossible. Je dois aller rapidement à Nice.

Je l'embrasse tendrement et je disparais.

6

Il est dix-huit heures dix. On frappe. C'est Picard qui revient. Il est arrivé à l'heure, mais comme son collègue n'est pas là, je lui dis d'aller faire un tour en l'attendant. Si j'organise des réunions, c'est pour que nous ayons tous les trois les mêmes informations. C'est aussi pour que chacun puisse réagir aux propos des autres. Je suis partisan du travail d'équipe et, dans notre groupe, chacun peut s'exprimer. J'ai l'habitude de dire que la parole est libre.

Cela m'ennuie de commencer à deux. D'un autre côté, Mussard est toujours ponctuel ou alors il avertit. Il doit y avoir quelque chose de spécial. Tout à coup, mon portable sonne. C'est lui :

– Excusez-moi, patron ! Je n'ai pas pu me dépêtrer du copain de la victime et je ne pouvais pas téléphoner. Je suis en route. J'arrive dans cinq minutes.

J'explique la situation à Picard qui en profite pour se servir un autre café qu'il sirote lentement. La porte s'ouvre à la volée et Mussard entre. Je n'aime pas le voir excité. Et je n'aime pas que mon bureau devienne une foire d'empoigne. Je décide d'intervenir dans ce sens :

– On se calme, les gars ! Asseyez-vous tous les deux ! Picard, c'est à vous !

Habitué à toujours s'effacer, ce dernier regarde son collègue qui hausse ostensiblement les épaules, puis se décide :

– Les crimes sont peut-être identiques, mais les victimes sont différentes. Cette fois, l'enquête de voisinage est facile. Tout le monde connaît Claudia Lapierre dans le quartier : soixante-cinq ans, retraitée depuis plusieurs mois. Elle était vendeuse de chaussures à Antibes. Belle femme, bien conservée. Tous les gens l'appelaient Claudia. Élégante, toujours bien mise, elle sortait beaucoup de chez elle. Elle disait que son appartement était trop petit pour qu'elle y reste et fréquentait pas mal les terrasses des bistrots du coin.

Je me dis que quelque chose cloche dans ma façon de vivre. Je ne sors pas assez. Je n'ai pas l'air fin quand mon adjoint explique que tout le quartier connaît ma voisine, alors que sa photo ne me dit rien. Pour un flic, ce n'est guère brillant. Il faudrait peut-être que j'aille voir ailleurs que chez Carla.

Pourtant, je sors bien tous les jours pour faire du sport, mais à l'heure où je cours, les femmes comme elle sont peut-être encore au lit. Et puis je ne reviens chez moi que pour dormir. Je la connaîtrais à coup sûr si elle était voisine de Carla.

Picard continue :

– Par contre, personne ne reconnaît Mme Marnier. Inutile de dire qu'elles n'ont jamais été vues ensemble. Les réponses sont du style : « Je connais de vue tous les amis de Claudia, et ils sont nombreux. Mais je n'ai jamais vu cette femme. » Commerces, bistrots, concierges ou facteurs, tous disent la même chose.

Je lui demande :

– Elle n'allait tout de même pas que dans les cafés ?

– Je n'ai pas dit ça, patron. Elle allait souvent se faire bronzer ou se baigner. Toujours à la plage publique. Mais vous avez vu Mme Marnier. À son âge et d'après la couleur de sa peau, il est évident qu'elle n'allait pas à la plage... Cela dit, je dois ajouter que Claudia Lapierre ne se contentait pas de la plage : on peut dire qu'elle écumait toute la ville.

La personne qu'il décrit n'a aucun point commun avec la précédente victime. L'une est inconnue de tous et l'autre est presque une célébrité du quartier. C'est si vrai que, même après leur mort, Picard les différencie instinctivement quand il les nomme « Mme » Marnier et « Claudia » Lapierre.

Cela ne va pas faciliter les choses, mais s'il se confirme qu'elles ont été tuées par la même personne, elles ont bien autre chose en commun que le tueur. Et il va falloir le trouver. En attendant, nous devons continuer notre travail de fourmis : en poussant tout le monde à parler, nous finirons bien par faire apparaître un indice, une coïncidence ou une contradiction significative...

Je me tourne vers Mussard :

– À vous maintenant !

Il n'attendait que cela et démarre sur-le-champ :

– Grâce à la femme de ménage, j'ai retrouvé facilement l'amant de la victime. C'est quelqu'un de très connu : il est notaire à Antibes. Il s'appelle Raymond Nicolet-Audebert. Il ne voulait pas me recevoir. Sa secrétaire a tiqué quand j'ai dit qu'il devait être entendu comme témoin dans une affaire criminelle. J'ai ajouté que s'il n'était pas disponible sur son lieu de travail, il serait convoqué par la police. Elle m'a fait patienter, puis a repris rapidement la ligne pour me dire qu'il me verrait entre deux clients.

Connaissant mon adjoint, je me dis que notre notaire n'a pas dû résister longtemps. La plupart du temps très détendu, Mussard est capable, quand il se prend au sérieux, d'intimider n'importe qui. À vrai dire, il est tellement persuadé qu'en tant que flic il est investi d'une mission d'intérêt national que cela lui donne une assurance inébranlable. Il reprend :

– C'est vrai qu'il est très pris et son bureau n'était pas disponible. Il m'a tout de même fait entrer dans une pièce passe-partout. Quand je lui ai annoncé que Claudia Lapierre avait été assassinée, il a été bouleversé et je pense qu'il était sincère. Il a reconnu sans difficulté qu'elle était sa maîtresse depuis plus de dix ans. Sans même que je lui pose la question, il m'a révélé qu'il lui avait offert le studio. Tout allait bien jusqu'à ce que je lui demande ce qu'il faisait hier soir. Il m'a dit qu'il avait passé toute la soirée chez lui, seul avec sa femme. Quand j'ai précisé que nous devions vérifier, il est entré dans une colère folle. Il m'a dit qu'il ne voulait en aucun cas que sa femme soit mêlée à cette affaire. Il a même ajouté, textuellement, que si on foutait la pagaille dans son ménage, il nous attaquerait. Il a précisé qu'il est l'ami du maire et du député, et m'a fichu dehors en indiquant que d'ores et déjà il appelait son avocat à toutes fins utiles.

Il s'interrompt. Comme je lui demande s'il a autre chose à dire, il se contente de secouer la tête.

Je suis sur le point de clore la réunion quand je repense à ma visite du studio et à l'idée que j'ai eue. Je me tourne vers Picard :

– Au fait, je voudrais que vous voyiez avec les gardiens des deux résidences si les victimes avaient des caves. Si c'est le cas, vous les fouillez à fond. On ne sait jamais...

Réunion terminée. Je précise à Mussard qu'il doit attendre mes instructions avant d'aller interroger la femme du notaire. Il préfère que je l'appelle sur son portable car il va aller fouiner près de l'étude et du domicile dans l'intervalle.

Je les convoque pour le lendemain à onze heures et ils disparaissent.

J'appelle la juge. Elle est bien rentrée et, surtout, elle sait que je la cherche. Elle est d'accord pour me voir tout de suite. Elle m'attend.

Et me voilà reparti pour Grasse. Il fait nuit quand j'arrive au palais de justice. Elle est bien bronzée, belle à croquer. Mais ce n'est certainement pas le moment de le lui dire. Elle est très excitée et fait les cent pas. Je n'arrive pas à placer un mot.

– Vous comprenez bien, commissaire, que je ne puis admettre votre attitude. Je suis toujours la dernière informée. Vous ne m'avez jamais indiqué l'état de votre enquête concernant la mort de Mme Marnier...

– Mais vous étiez absente...

– Et alors ! Vous pouviez très bien rédiger une note que j'aurais trouvée à mon retour. Au lieu de cela, vous attendez qu'il y ait un autre meurtre pour vous décider à me téléphoner. Et encore, pas tout de suite ! Le procureur m'appelle toutes les demi-heures et je n'ai rien à lui dire.

Au fond, elle a raison. J'ai trop tendance à attendre pour transmettre l'information. En plus, quand on n'a rien, on ne peut guère en faire état... Je décide de la prendre par la douceur, profil bas :

– Vous vous méprenez sur mon attitude. Nous avons souvent travaillé ensemble et nous nous connaissons. Sachant le nombre important de dossiers que vous suivez, je n'aime pas vous déranger si ce n'est pas indispensable. Or jusqu'à présent je n'ai rien, madame la juge. Depuis l'assassinat de Clotilde Marnier, nous nous cassons le nez. Aucun indice, aucune relation suivie, à part une personne qui pourrait être un témoin utile mais qui fait un circuit touristique en Grèce. Injoignable ! Nous n'avons pas avancé d'un pas, et maintenant nous recevons un grand coup sur la tête avec ce qui paraît être une récidive.

Nous nous asseyons. Pendant plus d'une demi-heure, je lui raconte tout, sans aucune dissimulation. Quand je lui expose les menaces du notaire, elle n'hésite pas un instant :

– Vous pouvez interroger l'épouse. Je vous couvre entièrement. Si elle refuse de recevoir l'enquêteur chez elle, convoquez-la et gardez-la le temps nécessaire. Si son mari réagit, nous aviserons.

J'appelle immédiatement Mussard. Dès qu'il décroche, il prend les devants :

– Alors, je peux y aller, patron ?

– Vous avez le feu vert ! Tâchez quand même d'y mettre les formes. Inutile de créer un incident si on peut l'éviter.

La juge approuve de la tête.

Au moment où je vais raccrocher, mon adjoint reprend la parole :

– Au fait, il y a quelque chose qui me tracasse. Avec cette seconde affaire, j'ai oublié de vous donner une information sur la première. Vous m'aviez demandé d'essayer de savoir où Mme Marnier se rendait l'après-midi avec sa copine. J'ai consacré pas mal de temps à cette recherche.

– Et alors ?

– C'est un peu compliqué parce que je n'ai pas de photo de l'autre. Mais j'arrive à retrouver leur trace le long des plages et dans la rue qui conduit à la Pinède. Ensuite, je les perds, comme si elles disparaissaient en y arrivant.

– Vous avez bien fait de m'en parler. Au moins, nous savons où reprendre les recherches. Nous devrions peut-être attendre d'avoir la photo de Mme Bonfils. Nous en parlerons demain.

Chloé Pérot commence à s'impatienter. Je raccroche et lui demande de m'excuser. Puis je lui fais mon plus beau sourire et je continue à l'apprivoiser :

– Soyez assurée que je tiendrai le plus grand compte de vos observations. J'ai une nouvelle réunion avec mes adjoints demain matin. Vous serez immédiatement informée.

Elle paraît calmée et me raccompagne à la porte. Elle a même un mot gentil :

– Je regrette de m'être énervée. Je sais que vous faites bien votre travail, mais il faut me tenir au courant. Vous m'avez trop laissée en plan cette fois-ci.

Et elle me serre chaleureusement la main.

En la quittant, j'appelle le grand patron pour lui donner les derniers développements. Il veut à tout prix mettre un autre groupe en renfort sur l'affaire. Je veux bien avoir du renfort, mais je ne veux pas créer une rivalité entre deux équipes, et l'expérience montre que c'est ce qui arrivera inévitablement. Les hommes de Renard nous assistent déjà à l'occasion et j'aimerais bien disposer de quelques lieutenants de plus pour couvrir le terrain. Mais j'entends bien garder la direction des opérations ou alors il faudra m'expliquer pourquoi je suis viré.

Il change de sujet, mais continue à parler de *serial killer*. Je maintiens ma position, selon laquelle il faut attendre les conclusions du légiste et du labo.

Subitement, il s'énerve :

– Vous ne pouvez pas continuer comme ça, Dupin ! Donnez-moi quelque chose de concret. Je suis déjà harcelé par le directeur. L'affaire est montée jusqu'au ministre et nous sommes sur la sellette. Sans parler de la presse et de la télévision. Jusqu'à présent j'ai réussi à gagner du temps, mais il va bien falloir leur faire une déclaration. Vous savez bien comment ils sont. Si on ne leur dit rien, ils vont mener des enquêtes à leur manière, se procurer des tuyaux et nous compliquer la vie. Il faut absolument que j'aie du nouveau demain.

S'il m'avait laissé m'exprimer, il serait peut-être moins énervé. Jusqu'ici, je n'ai pas réussi à lui parler du notaire. Je pense que cette information devrait le satisfaire.

– J'ai bien un espoir dans la seconde affaire. La victime avait un amant, un notaire d'Antibes qui l'entretenait depuis des années. Nous l'avons déjà identifié et entendu. Il reconnaît tout et avoue même que c'est lui qui lui a acheté son appartement. Par contre, son alibi pose problème. Il ne peut être établi que par sa femme et il est monté sur ses grands chevaux quand on a parlé d'aller l'interroger. Il met en avant ses relations, qui paraissent importantes, et nous menace de procès si nous brisons inutilement son ménage...

– Pourquoi n'avez-vous pas sollicité le juge d'instruction ?

– J'allais justement vous dire que c'est fait et, en ce moment, le commandant Mussard est sur le coup.

J'ai tapé dans le mille. Il saute sur l'aubaine :

– Voilà un élément concret. Comme d'habitude, vous avez attendu que je vous tire les vers du nez. Vous êtes décidément incorrigible, Dupin. Avec ça, je suis paré. Je peux toujours affirmer que nous avons une piste sans donner de détails, quitte à dire plus tard qu'elle n'a pas abouti. Vous êtes certain de m'avoir tout dit ?

– Tout peut-être pas, mais vous savez l'essentiel.

– Faites-moi donc un rapport dès ce soir et envoyez-le-moi le plus vite possible. Vous me ferez un additif demain si c'est nécessaire.

Comme si je n'avais rien d'autre à faire ! Enfin, je n'ai pas le choix. Autant repartir pour Nice tout de suite et en finir le plus vite possible. De toute manière, la soirée est fichue.

Trois quarts d'heure plus tard, j'arrive à Nice. Comme chaque fois, j'ai l'impression d'être à destination dès que j'emprunte la voie rapide. Après la gare, je tourne à droite avenue Médecin, puis à gauche avenue Foch. Il n'y a pas grand monde et je ne perds pas de temps : je plonge directement sur le micro-ordinateur.

Après deux heures de rédaction et de saisie, je pense avoir fait le tour de la question. Je relis une dernière fois et j'envoie. Je suis sûr que le boss est déjà parti. Il trouvera le message demain en arrivant et verra l'heure de transmission...

Je suis éreinté. Ces affaires sont d'ores et déjà les plus difficiles dont j'ai eu à m'occuper. Je vais aller manger quelque chose et rentrer chez moi. Pas pour dormir : pour gamberger. J'ai besoin de mettre de l'ordre dans mes idées. Et puis, comme toujours, je finirai par m'endormir, ce qui est le meilleur moyen d'être en forme demain.

7

Ce matin, j'ai passé une nouvelle fois en revue tous les éléments en ma possession. Je ne parviens pas à en faire une synthèse, même sommaire. Quelque chose ne colle pas. Et si nous étions allés trop vite en considérant que nous avons affaire au même tueur ?

Il me tarde d'avoir les conclusions du légiste et du labo. Tant que nous n'aurons pas eu ces rapports, nous ne pourrons pas avancer. Avant de savoir, avec certitude, s'il s'agit d'une « copie » ou d'un tueur en série, rien ne sert de continuer à se triturer l'esprit.

En prenant mon petit déjeuner avec Carla, j'ai vu les titres de la presse locale. Pour eux, il n'y a aucun doute : « Le meurtrier frappe à nouveau », « Meurtres en série à Juan-les-Pins »...

Comme je protestais en grognant, elle m'a rabroué :

– Tu n'écrirais pas autre chose si tu étais journaliste ! Il y a bien eu deux crimes commis...

J'ai trouvé qu'elle exagérait.

– Comment peuvent-ils écrire qu'ils ont été commis par la même personne ? Nous n'avons même pas les résultats de la seconde autopsie !

– Vous ne l'avez pas précisé ! S'ils le savaient, ils iraient peut-être moins vite aux conclusions.

C'est le type même de conversation qui ne nous mène à rien. D'abord, je suis mal luné. Ensuite, je n'ai jamais pu m'habituer aux méthodes des médias. Quand je pense aux précautions que nous prenons avant de formuler la moindre hypothèse, alors qu'ils se permettent de dire n'importe quoi sans se préoccuper de savoir quelles en seront les conséquences. À l'inverse, dès que nous commettons une erreur, ils nous massacrent. Les bavures font leurs choux gras, même quand elles ne sont que de légers dérapages.

J'aurais préféré changer de sujet car si elle continuait à me contredire, j'aurais fini par dire, rien que pour avoir raison, des choses que je devais garder pour moi. Elle ne paraissait pas vouloir calmer le jeu et elle a ajouté :

– Et encore, on n'a rien vu ! Je suis sûre qu'à la télé les infos seront encore plus agressives.

Sa remarque tombait à pic et me rappelait que j'avais un service à lui demander :

– Justement, je voulais que tu enregistres les infos. Tu veux bien ?

– Mais oui. J'ai l'habitude de le faire. Je sais bien que tu ne pourras pas les voir.

Je l'ai embrassée et j'ai filé sur ma moto. Depuis, je ne cesse de penser que j'ai été de mauvaise foi. Il y a de fortes chances pour que la presse ait dit la vérité. Même le patron ne parle que de série. En réalité, je sais au fond de moi que c'est cela. Mais c'est une situation que j'appréhende et c'est pour me rassurer que je continue à dire qu'il faut attendre d'avoir les rapports.

Je reçois d'abord celui du légiste. Je l'ouvre et je clique sur « imprimer ». Pendant qu'il sort de l'imprimante, Picard et Mussard entrent dans la pièce. Ils se dirigent vers la cafetière. Je m'apprête à lire quand le signal retentit à nouveau. Cette fois c'est le message du labo, comme s'ils s'étaient donné le mot. Je l'imprime aussi.

Mes gars se sont installés en face de moi. J'attaque par les conclusions du légiste. Je lis à haute voix :

L'examen du corps de Claudia Lapierre permet de constater qu'elle a reçu douze coups de couteau assenés avec violence. Au moins trois pouvaient être mortels, sous réserve d'un fort traumatisme avec enfoncement sur l'arrière du crâne ayant provoqué un important hématome. On peut supposer que ce dernier ait causé soit la mort, soit une perte totale de conscience.

Il est vraisemblable que ce coup a précédé les autres. En effet, la victime ne s'est pas débattue quand elle a été poignardée, et ses poignets, entourés d'une cordelette, n'étaient pas réellement attachés.

La victime n'a pas été sodomisée, mais le corps comporte des traces de sperme entre les fesses.

Absence de dépôt significatif sous les ongles.

Éraflures sur le ventre et les cuisses, laissant penser que le corps a été traîné.

Absence de sédatif ou autre drogue dans le sang.

L'heure du décès se situe peu avant ou après une heure du matin. Aucun indice sur l'alimentation. Estomac vide.

Je vois mes adjoints qui s'agitent déjà et j'ai aussi des commentaires à faire. Mais puisque nous avons les conclusions du labo, autant les lire tout de suite :

L'arme trouvée dans le corps est un couteau prélevé dans la cuisine de la victime. Il ne comporte aucune empreinte.

Les poignets étaient entourés d'un bout de corde à rideaux sectionnée près de la porte-fenêtre, à proximité du lit. Le lien n'était pas serré, plus rituel qu'efficace. Il est vraisemblable que la victime étant sans connaissance, il n'a pas été utile d'immobiliser ses poignets par ce moyen.

Un léger creux observé sur le mur, près de la porte d'entrée, comporte des traces de cheveux et de peau. Il correspond sans aucun doute à l'enfoncement constaté sur la nuque de la victime. La déformation du mur, bien que légère, révèle que sa tête y a été heurtée avec violence.

L'analyse ADN du sperme trouvé sur le corps est en cours et constituera une base de comparaison essentielle.

Très nombreuses empreintes relevées. Aucune n'est répertoriée au fichier.

Serrure et porte sans trace d'effraction. Un examen approfondi permet d'affirmer que l'assassin était en possession de la clé de l'appartement : serrure trois points d'excellente qualité.

Cette fois, un silence s'établit quand j'arrête de lire. Il est clair que ce que nous venons d'entendre pose problème. Le moment est venu de s'organiser, de structurer notre réunion pour être aussi efficaces que possible. Je prends fermement la direction du groupe :

– Nous avons tous les trois des choses à dire. Il est clair que ces informations doivent être analysées très précisément car elles contiennent à la fois des points communs et des différences avec celles concernant la mort de Clotilde Marnier. Toutefois, avant de nous livrer à ce travail, je pense qu'il est préférable que nous finissions de recueillir tous les éléments en notre possession. Pour cela, vous devez encore faire vos comptes rendus. À vous, Picard !

– J'ai revu la femme de ménage. Au passage, j'ai vérifié, par principe, son alibi. Elle était avec son mari. Ils ont reçu des amis et ont joué aux cartes jusqu'à deux heures du matin. J'ai interrogé les amis. Pas de problème. Par contre, elle m'a appris autre chose : notre cliente n'était pas vraiment un modèle de fidélité. Elle recevait souvent d'autres hommes que son amant chez elle. Elle avait la réputation d'être particulièrement portée sur la chose.

Il s'interrompt un instant et paraît songeur :

– Quand on voit comment elle a fini, on pense qu'elle a bien fait d'en profiter ! En tout cas, il va falloir retrouver ces mecs rapidement, surtout les plus récents, et ce ne sera pas facile. Mme Armoni n'a donné aucune indication précise. Comme elle dit, une femme de ménage voit bien qu'un homme est venu, mais pour savoir qui...

– Vous avez autre chose ?

– Oui, patron. Vous m'aviez demandé d'aller voir les caves.

– Qu'est-ce que ça donne ?

– Toutes les deux en avaient. Pour Mme Marnier, le gardien m'a accompagné. Aucun intérêt. Elle n'y a visiblement pas mis les pieds depuis des années. Que des saletés couvertes de poussière...

– Et l'autre ?

– Là, j'ai dû avoir recours au syndic pour être sûr de l'emplacement. C'est très différent. Belle cave. Heureusement que j'ai trouvé une clé chez elle car elle avait fait poser une porte renforcée. Très propre, avec même une grosse lampe à tube qui éclaire comme en plein jour. Étagères en ordre. Vin et champagne. Cartons de linge usagé et là, surprise...

Voilà que maintenant il nous joue le suspense...

– Au fait, Picard !

– J'ai trouvé une petite valise pleine de photos. Mais alors, pas n'importe quelles photos : rien que des souvenirs de baises, si vous voyez ce que je veux dire.

Et là, il sort – enfin – de sa sacoche un paquet de photos qu'il jette sur le bureau. Mussard se précipite et nous les regardons ensemble. Elles sont effectivement particulièrement chaudes et je comprends mieux l'usage des sous-vêtements sexy trouvés dans ses tiroirs. La plupart sont plus axés sur les sexes que sur les têtes. Mais, sur deux clichés, des visages d'hommes apparaissent nettement.

– Vous me disiez qu'il fallait chercher les copains de Mme Lapierre. En voilà deux qu'il faut me trouver en priorité. Vous faites des agrandissements – le visage suffira – et vous partez en chasse. Passez au commissariat d'Antibes ! Renard vous donnera du renfort. C'est lui qui m'a proposé son aide. Si vous avez un problème, téléphonez-moi et je le lui rappellerai... À vous, Mussard !

– Moi, j'ai interrogé la femme du notaire. Je suis allé directement au domicile. J'ai sonné et c'est elle qui a ouvert. Belle femme, pas sexy mais très classe, très grande dame. Je dois dire qu'elle m'a impressionné. Quand je lui ai enjoint de confirmer la présence de son mari la veille pendant toute la soirée, elle m'a demandé pourquoi. J'ai été obligé de lui révéler que j'enquêtais sur la mort d'une femme. Elle est devenue blême et m'a dit : « C'est Claudia Lapierre qui est morte ? » J'avoue que je suis resté sans voix. Elle m'a expliqué qu'elle savait depuis longtemps que

D'un autre côté, je n'ai jamais été en présence de deux affaires comme celles dont je viens d'hériter, qui se ressemblent certes, mais pas tout à fait, et au sujet desquelles nous pataugeons lamentablement depuis plusieurs jours.

Alors, pourquoi ne pas essayer ?

Je me lève, prends un feutre et me positionne devant le tableau. Je délimite trois colonnes que j'intitule : « 1. Points communs », « 2. Différences », « 3. Conséquences ».

Mon instructeur au dernier stage de recyclage serait fier de moi ! Pourtant, je sens un flottement chez mes adjoints. Ils croient d'abord que je plaisante, mais ils se ressaisissent vite et jouent le jeu.

Pendant plus d'une demi-heure, je note dans les deux premières colonnes les idées exprimées par chacun. Elles se remplissent finalement bien, et assez vite. Quand le silence revient, j'attends un bon moment pour être certain que nous n'avons rien oublié. Picard et Mussard ont, en fin de compte, adhéré à la méthode et travaillent très sérieusement.

Nous faisons alors, en commun, la synthèse des indices relevés. Je prends d'autres feutres et je relie les éléments convergents ou contradictoires par des flèches de couleurs différentes. Certains points provoquent une discussion passionnée, mais nous finissons par être d'accord sur tous.

Je suis content du résultat obtenu, mais cela n'efface pas mes réticences à l'égard des tableaux. Pour moi, une autre formulation est nécessaire. Je regarde mes adjoints. Ils paraissent crevés. Je leur suggère d'aller déjeuner. Mussard me demande :

– Vous ne venez pas manger avec nous, patron ?

Je décline l'invitation.

– Non ! Je reste ici et je mets tout cela en ordre. En passant, dites au planton de me porter un jambon-beurre et une bière. À tout à l'heure. Bon appétit !

Dès qu'ils sont partis, je plonge sur mon traitement de texte. En fait, mon but est double : présenter nos conclusions d'une manière qui me soit plus familière et en profiter pour rédiger mon rapport.

Au bout de trois quarts d'heure, j'ai atteint mon but. Je me lève et j'efface soigneusement le tableau. Puis j'attaque mon casse-croûte, tout en faisant du café.

Mes gars ne tardent pas à revenir. Ils repèrent immédiatement la cafetière pleine, se servent et se posent en face de moi. Je pense que le mieux est de lire à haute voix ce que je viens de rédiger :

OBJET : AFFAIRES MARNIER/LAPIERRE
COMPARAISON DES CIRCONSTANCES
DES DÉCÈS

Points communs

– Utilisation d'un couteau appartenant à la victime.
– Nombreux coups portés avec violence.
– Victime nue, sur le ventre, poignets liés.
– Utilisation d'un lien trouvé sur place.
– Pas d'empreintes sur l'arme du crime.
– Pas d'effraction.
– Crime perpétré au milieu de la nuit.
– Victime vivant seule.
– Domiciles proches l'un de l'autre.

Différences

– Marnier : aucune trace de lutte. Lapierre : assommée par projection contre un mur.
– Marnier : corde à linge serrant les poignets. Lapierre : corde à rideau juste enroulée, inefficace.
– Marnier : vit réellement seule. Lapierre : un amant en titre et des hommes de passage.
– Marnier : solitaire (une seule amie). Lapierre : vie sociale développée.
– Marnier : clé dans le coffre des gardiens. Lapierre : clé détenue par femme de ménage + amant + autres ?

– Marnier : aucune connotation sexuelle. Lapierre : trace de sperme entre les fesses.

Conclusions

1. L'hypothèse selon laquelle c'est le même agresseur est fiable à plus de 90 % : nombre important de points de convergence et répétition de particularités non rendues publiques.

2. L'hypothèse selon laquelle le second crime est une « copie » ne peut toutefois être totalement écartée. Les points de convergence figurent dans les rapports adressés à la hiérarchie et au Parquet. Une fuite – volontaire ou non – ne peut jamais être totalement exclue *a priori*.

3. Dans ce cas, la piste du notaire ne peut être exclue. Ses nombreuses relations en font le type même de la personne ayant pu recevoir des confidences.

4. Dans la seconde affaire, l'assassin a laissé son ADN. C'est important pour les recherches et aussi pour le confondre si nous arrivons à l'identifier.

Suites à donner

1. La piste Nicolet-Audebert doit être suivie :

– Il faut savoir par qui et quand l'épouse a fait suivre son mari. Ensuite, il faudra vérifier.

– Il faut savoir comment elle vit, qui elle fréquente. Est-elle susceptible d'avoir été destinataire d'une fuite ?

– Il faut savoir si elle a une fortune personnelle. Son niveau de vie dépend-il de son mariage ?

2. Il faut approfondir le fait qu'il n'y a eu effraction dans aucun des deux cas :

– Affaire Marnier. Revoir les gardiens. Qui d'autre peut avoir eu les clés ? Les copier ? Ne pas perdre de vue son amie de Marseille dès son retour. Relancer les collègues.

– Affaire Lapierre. A-t-elle un jour confié ses clés ? À qui ? Ce serait quelqu'un qui aurait accédé à son studio en son absence. Voir tous les voisins présents dans l'immeuble en ce moment.

3. Il faut demander au labo une recherche ADN sur les indices de toutes sortes relevés chez Mme Marnier par comparaison avec le sperme laissé la seconde fois.

J'ai lu le rapport en le faisant défiler sur l'écran. Je n'ai pas relevé d'erreur mais je préfère demander :

– L'un de vous a-t-il quelque chose à ajouter ou à modifier ?

Aucune réponse. Finalement, la méthode a du bon. Ils ont déjà tout dit et se sentent impliqués. Je clique deux fois sur « imprimer ». Un instant plus tard, chacun est en possession d'un exemplaire. Je n'ai plus qu'à conclure :

– Voilà ! Je pense que nous avons fait le tour de la question. Si quoi que ce soit vous revient en relisant, n'hésitez pas à m'appeler.

Je m'adresse à Mussard :

– Tout ce qui concerne le notaire et sa femme dans les suites à donner est pour vous.

Picard attend son tour.

– Vous savez ce que vous avez à faire. Nous devons absolument savoir si d'autres personnes avaient les clés des appartements.

Au moment où ils vont sortir, je les retiens :

– Inutile de vous dire que le contenu du rapport que je viens de vous remettre est *top secret*. Je vous conseille de le relire sans tarder et de le détruire dès que vous le saurez par cœur.

Après leur départ, je reprends mon ordinateur. J'expédie le texte du rapport au boss par *e-mail*. Puis je fais une édition supplémentaire que je décide de porter à Chloé. Je me passerais bien d'un nouveau déplacement à Grasse, mais je pense qu'un geste fort sera bien perçu. Elle aura l'impression que je ne l'oublie plus. Et puis cela me donne un excellent prétexte pour aller faire une étape à Juan.

Avant de partir, je ferme avec soin le

micro, dont je suis seul à détenir le mot de passe.

Il est déjà tard et, quand j'arrive au bar, Carla termine juste le service. Elle non plus n'a pas déjeuné et nous mangeons un morceau ensemble. J'ai tout mon temps et je traîne à table jusqu'au moment où elle m'invite à la suivre. Elle a l'habitude de faire une petite sieste. D'ordinaire, elle est seule et se repose. Aujourd'hui, ce sera plus agité, mais nous sommes si heureux de partager ce moment de tendresse !

Je repars en milieu d'après-midi sans me presser. Il fait un temps magnifique et j'en profite. Je ralentis en longeant le green de Mougins. J'aperçois les joueurs dont les tenues claires ressortent sur la pelouse verte. Cela fait des années que je les regarde avec envie. J'ai souvent pensé que je devrais m'inscrire à un club de golf, mais je ne l'ai jamais fait. Allez savoir pourquoi...

Un peu plus loin, avant de prendre la voie rapide, j'admire des mimosas incroyablement fleuris. Leur floraison annonce magnifiquement chaque année l'arrivée du printemps.

Arrivé au palais, j'apprends que Mme Pérot est absente. Son greffier voit l'enveloppe dans ma main et propose de la lui remettre à son retour. Je réponds qu'il n'y a rien d'urgent.

En repartant, j'entre dans les toilettes et je détruis le pli. Il sera toujours temps de le lui donner en mains propres une autre fois.

Je ressens un certain dépit. Pour une fois que j'ai voulu faire un geste, je suis servi. C'est bien fait pour moi. Je n'avais qu'à téléphoner avant, au lieu de jouer « monsieur surprise ».

8

Dans la pénombre, le psychiatre est toujours aussi immobile. Quand la voix s'élève, la main bouge rapidement et le stylo court sur le papier.

Le débit est monotone et le ton un peu trop aigu, comme plaintif :

– Il n'y a pas d'homme. Ma mère non plus n'est pas là. Une autre femme a pris sa place. Je ne la connais pas. Elle n'a pas le droit d'être là.

– Pourquoi ?

– Parce que c'est la place de ma mère, pas la sienne.

– Que fait-elle ?

– Elle se lève. Elle vient vers moi. Je la vois mal. Il n'y a pas de lampe allumée. Pourtant je sais qu'elle vient vers moi. Il y a de la lumière derrière le store.

– Que faites-vous ?

– Rien. C'est elle qui me touche. Elle me pousse vers la porte. Elle me regarde drôlement. Elle est nue contre moi. Je ne peux plus bouger. Elle va ouvrir la porte et me pousser encore vers l'extérieur. Elle n'est pas chez elle. Elle n'a pas le droit.

– Que faites-vous ?

– Je la saisis à mon tour. Je la tiens par les épaules. Je la serre fort et je la secoue. Je suis plus fort qu'elle. Elle ne me résiste pas.

– Et après ?

– Elle est à nouveau sur le lit. Elle est sur le ventre. Elle est immobile et ne me regarde pas. Je monte sur le lit et je me mets à genoux sur elle. J'ai envie de la sentir contre moi. Pour mieux la toucher, j'ai ouvert mon pantalon. Je sens mon ventre sur ses fesses. Elle ne bouge pas. Je sens mon sexe qui grossit. Je le frotte contre elle. Elle ne proteste pas. Elle ne gémit pas. Et puis il m'arrive une chose extraordinaire.

– Quelle chose, Mikaël ?

– Je ne sais pas ce que c'est. C'est comme une vibration dans mon corps. C'est très fort et en même temps très doux. J'ai l'impression de perdre connaissance.

– Comment cela ?

– Comme un éblouissement. Mais je reprends vite mes esprits.

– Que se passe-t-il alors ?

– Je vois son dos devant moi. Je tape dessus. Longtemps.

– Et après ?

– Mon rêve est fini. Mais c'est comme s'il restait en moi. Je crois qu'il ne me quittera jamais. Vous croyez que c'est grave, docteur ?

– Au contraire. C'est de mieux en mieux. L'homme n'est pas revenu vous gêner et vous avez quitté votre mère. Cette fois, vous avez rencontré une autre femme. Elle n'est pas votre mère. C'est très important car cela manifeste que vous devenez autonome. Que vous êtes vous-même, que vous n'avez plus besoin d'elle pour exister. Vous avez besoin de vous reposer. Rentrez chez vous et essayez de vous détendre. Soyez confiant. Vous approchez du but.

9

J'ai passé une mauvaise soirée.

En sortant du palais de justice, je me suis attablé à une terrasse et j'ai bu une pression. J'avais la tête vide. Je regardais sans les voir les passants, nombreux à cette heure. Je n'arrivais pas à fixer mon attention sur les affaires que je suis censé résoudre. Pourtant le matin, en finissant de rédiger mon rapport, j'avais eu une bonne impression, comme l'intuition d'avoir trouvé quelque chose d'intéressant.

Quand mon téléphone a vibré dans ma poche, j'ai pensé que ce n'était vraiment pas le moment. J'étais persuadé de l'avoir coupé.

J'ai fini par décrocher. C'était la secrétaire du patron. Il me faisait dire qu'il m'attendait une heure plus tard. J'ai demandé à lui parler directement. Impossible. Il venait de sortir. Pas question de reporter : c'était important et urgent.

Inutile de dire dans quel état d'esprit j'ai fait le trajet. Je ne me souviens plus de rien, si ce n'est que j'ai roulé très vite. Ça m'a un peu défoulé.

En arrivant, c'était magique. Toutes les

portes s'ouvraient devant moi et je suis arrivé directement dans son bureau. Et là, j'ai commencé à baliser : ce devait être réellement de première importance pour que je sois accueilli de cette manière.

Habituellement, c'est très différent. Je m'adresse d'abord à son assistante, qui me demande de m'asseoir. Puis elle prend son combiné, enfonce un bouton et chuchote : « Le commissaire Dupin est arrivé. » Elle écoute, dit : « Très bien », puis se tourne vers moi et me déclare : « Il va vous recevoir dans quelques instants. »

Commence alors une attente de durée variable, au terme de laquelle, le plus souvent, je vois quelqu'un d'autre sortir du bureau. Il faut patienter encore un peu, jusqu'à ce que le téléphone sonne. La secrétaire décroche et dit à nouveau : « Très bien », avant de se tourner vers moi pour m'inviter à entrer.

Cette fois, je me suis trouvé directement face à lui. Il m'a tout d'abord complimenté sur mon rapport :

– Je l'ai beaucoup apprécié : rien à ajouter, rien à enlever ! C'est vraiment une bonne analyse, efficace et concise.

Il ne m'avait pas habitué à de tels compliments et je commençais à me méfier, puis je compris quand il poursuivit :

– Je l'ai remis, avec l'ensemble du dossier, à un psychologue spécialisé dans la recherche des criminels. Il refuse catégoriquement d'être appelé « profileur », mais c'est exactement cela.

C'est pour me dire ça qu'il m'avait fait courir ? Je n'arrivais pas à le croire. En plus, je n'avais jamais entendu dire que le service avait recours à ces méthodes. Je le lui ai dit :

– Il me semblait que le ministère était défavorable à cette manière de procéder...

– Je sais bien, Dupin. La démarche n'est pas officielle. En fait, c'est un ami de mon fils. Il est professeur d'université et prépare un ouvrage sur le sujet. Je pense que c'est une expérience intéressante et je l'ai autorisé à collaborer avec nous. Il a vos coordonnées et m'a promis de vous adresser rapidement une note de première orientation.

Je le connais. Rien ne l'aurait fait changer d'avis. Autant jouer la carte de la conciliation, paraître flatté de l'intérêt qu'il portait à mon rapport et que cet enseignant semblait partager :

– Si vous pensez que c'est une aide supplémentaire, pourquoi pas ?

– Je savais bien que vous comprendriez mon but, et je vous remercie pour l'aide que vous lui apporterez. Vous me direz ce que vous en pensez. Bien entendu, nous gardons cela pour nous. Surtout, pas un mot à la presse.

– Vous pouvez compter sur moi.

En apparence, nous nous sommes quittés sur un nuage... En réalité, j'étais furieux. L'affaire était déjà assez embrouillée. Je n'avais vraiment pas besoin d'un psychologue pour la compliquer davantage. Décidément, ce n'était pas mon jour !

Après avoir traîné sans but dans les rues de Nice, j'ai décidé de rentrer chez moi. J'ai pris la route du bord de mer en roulant lentement.

Avant d'arriver à Antibes, je me suis arrêté sur la plage de galets, vers Biot. Devant moi, il y avait des pêcheurs qui attendaient de voir bouger les cannes, fichées sur des supports enfoncés dans les cailloux. Ils étaient calmes, comme si tout se ramenait à cette attente, comme si leur bonheur consistait uniquement à guetter le tintement d'un grelot annonçant la présence d'un poisson au bout d'une ligne.

Personnellement, je n'ai jamais aimé cette pêche trop aléatoire et trop passive. Je suis sans doute déformé par les parties de pêche auxquelles j'ai assisté dans le Berry lorsque j'étais enfant.

Aujourd'hui, je les ai enviés. J'aurais aimé être à leur place et n'avoir aucun autre souci que cette attente. Un peu plus loin, certains avaient allumé des barbecues qui fumaient en cette fin d'après-midi, comme s'ils étaient tellement sûrs d'attraper du poisson qu'ils étaient déjà prêts à le faire cuire.

J'ai regardé longuement la mer. Elle était lisse comme un lac et sa surface argentée brillait encore en attendant la nuit. Je n'ai pas trouvé l'apaisement qu'elle m'apporte habituellement et j'ai enfourché ma moto.

À Juan, je suis monté directement chez moi. J'ai ouvert une bouteille de rosé et pris un paquet de chips. Je me suis installé sur la chaise longue qui se trouve sur mon balcon et je me suis mis à déguster.

Quand la sonnette m'a réveillé, j'ai eu l'impression de revenir de très loin. Il faisait nuit. J'ai fini par aller ouvrir et je me suis trouvé nez à nez avec Carla. Elle m'a fait son beau sourire. Je suis resté planté devant elle pendant un moment. Je n'ai pas l'habitude de la voir arriver comme ça. Il est si rare qu'elle vienne chez moi. Elle m'a demandé si elle pouvait entrer. Je n'ai rien répondu. Je me suis effacé et elle a pris possession des lieux.

Elle a allumé la lumière et s'est dirigée vers la kitchenette. Je suis reparti m'allonger sur le balcon. Je n'arrivais pas à émerger du sommeil qui s'était abattu sur moi. Un moment plus tard, elle m'a porté un bol fumant en disant :

– C'est la soupe de poisson que tu aimes. Mange-la tant qu'elle est chaude.

– Et toi ?

– Ne t'occupe pas de moi. Je suis venue pour te faire avaler quelque chose, pas pour manger avec toi.

– Pourquoi ?

– Parce que je sens que tu ne vas pas bien. Je n'aime pas ta manière de ne plus venir me voir. Et je n'aime pas que tu coupes ton téléphone.

– Comment as-tu su que j'étais chez moi ?

– Tu ne répondais pas à mes appels, j'ai appelé Mussard. Il pense comme moi : que tu perds le moral. Il m'a même conseillé de venir te soutenir. Remarque bien que je n'ai pas besoin de ses conseils, mais c'était suggéré gentiment. Ce garçon t'aime bien et te connaît bien.

– Je me demande bien de quoi il se mêle !

– Et maintenant, tu me ferais un grand plaisir en arrêtant ton interrogatoire et en mangeant la soupe de poisson avant qu'elle soit froide.

C'est ce que j'ai fait et je dois dire que je me suis trouvé mieux. Elle m'a ensuite servi de la charcuterie corse. Celle qui est bien salée et qui donne soif. Heureusement, le rosé n'avait pas eu le temps de trop se réchauffer.

Quand elle a estimé que j'avais assez mangé, Carla est venue me rejoindre. Elle s'est assise à même le sol et a posé sa tête sur mes cuisses. Et quand j'ai commencé à parler, elle m'a écouté sans rien dire, comme elle sait si bien le faire.

J'ai vidé mon sac sans trahir l'enquête. J'ai résisté à la tentation de lui résumer la situation pour avoir une opinion neutre, extérieure au système. Je suis certain qu'une telle méthode aurait été efficace. À force d'appliquer les mêmes procédures, nous finissons par manquer d'ouverture, d'imagination. Et c'est cela qui nous mène à l'impasse dans une affaire qui sort des sentiers battus. Pourtant, je n'ai pas livré le contenu du rapport. Ce n'est même pas une question de confiance, juste le respect des instructions données à mes adjoints.

Par contre, j'ai dit tout ce qui pouvait l'être.

J'ai râlé au sujet de la presse, qui se déchaîne contre nous, qui publie des précisions qu'elle est censée ignorer. Ont-ils obtenu des copies ou des extraits de mes rapports ? Par qui ? Quand ?

Désormais, plus personne n'ignore les détails sordides de ces assassinats et il y a certainement quelques tordus qui se demandent déjà quand et comment ils pourront faire la même chose.

Il y a aussi la télé. Autre média, autres méthodes. Des images à tout prix. Depuis que je le lui ai demandé, Carla enregistre les informations. L'interview du procureur est passée plusieurs fois. Les magistrats ont pris l'habitude d'intervenir devant les caméras. Ils sont certes très prudents, mais qui peut être certain de parler sans rien révéler ? On nous diffuse aussi des images : l'immeuble du crime, la rue, les commerçants et les voisins. Eux n'ont pas de règle à respecter et peuvent dire n'importe quoi, critiquer la police qui ne trouve rien et dire que toute la ville vit dans la terreur. Leurs réflexions personnelles sont données en pâture à des millions de téléspectateurs.

Je sais bien que c'est inévitable et le droit à l'information n'est plus contesté par personne. Mais pour ceux qui sont de l'autre côté de la barrière, c'est vraiment difficile à supporter. Les gens sont influencés. À partir de maintenant, mes gars n'obtiendront plus de réponse spontanée et toutes les informations devront être vérifiées et recoupées.

Quand j'ai arrêté mes récriminations, Carla a souri. Je lui ai demandé ce qui l'amusait et elle est sortie de sa neutralité :

– Je ne m'amuse pas, je me contente de sourire. Et je souris toujours quand je te vois dans cet état car c'est chaque fois pareil. Quand les choses ne vont pas comme tu veux, tu commences par broyer du noir. Ensuite, tu râles après la terre entière. C'est bon signe car quand tu as tout lâché, la crise est passée et tu repars de plus belle. Si je souris, c'est parce que je sais que tu vas mieux. C'est aussi parce que j'aime que tu sois passionné comme tu viens de l'être.

Je n'ai rien trouvé à répondre. Ce qu'elle a dit est vrai et elle me connaît bien. Cette fois encore, elle est venue vers moi au bon moment et s'est adaptée à mon humeur. Je lui ai tendu les bras et elle s'est blottie contre moi. Je l'ai embrassée passionnément. Je la sentais vibrer. Pourtant, elle s'est écartée. En se levant, elle m'a dit :

– Ce n'est pas tout ! J'ai encore à faire au bar. Je te laisse te reposer. J'espère que demain tu n'oublieras pas que j'existe !

Elle est partie tout doucement. Il est rare que nous passions une soirée ensemble sans faire l'amour. Mais, parfois, partir est aussi une manière de séduire. Le désir que j'avais d'elle n'était pas insupportable. Il se nourrissait de la certitude qu'elle me désirait aussi et de l'assurance que l'attente ne serait pas longue. Finalement, il m'a plongé dans une douce somnolence.

J'ai dormi d'une seule traite et ce matin, je me suis éveillé de bonne heure. J'ai fait mes mouvements d'assouplissement, j'ai couru et j'ai été déjeuner au bar. Je suis en pleine forme. Carla l'a bien vu. Elle n'a pas eu besoin de me le dire. Je n'ai rien dit non plus, mais quand je suis reparti, nous nous sommes embrassés vraiment comme des amants.

De retour chez moi, j'attends mes adjoints. J'ai décidé de faire la réunion ici. Nous avons tous besoin de sérénité et je sais que nous ne pourrons pas entrer ou sortir de mon bureau sans être sollicités par les journalistes.

J'ouvre au premier coup de sonnette. Ils sont ensemble, comme toujours. Ils ne sont pas venus souvent ici. Pourtant, ils reproduisent le comportement qu'ils ont au bureau, se dirigent vers la kitchenette et se servent du café.

Mon studio ne comporte pas de table. Nous ne pouvons nous réunir qu'au minibar où ils se sont installés. Je les rejoins donc et leur pose la question qui restait en suspens lorsque nous nous sommes quittés la veille :

– Avez-vous relu le rapport de synthèse et avez-vous des observations ?

Ils me font signe que non et Mussard précise :

– Aucune observation, patron. Au contraire, je l'ai trouvé complet. Il faut croire que la méthode est bonne...

Inutile de s'éterniser sur le sujet. Je lui redonne la parole :

– À vous ! Faites-moi le point sur la femme du notaire.

Et il enchaîne aussitôt :

– Mission accomplie. J'ai revu Mme Nicolet-Audebert. Au fait, elle se prénomme Constance. Je trouve que ça lui va bien. Bon. Je lui ai demandé par qui elle avait fait suivre son mari. Il s'agit d'un privé que nous connaissons bien : Angelino.

Et comment ! Ce type n'est pas franc du collier et aurait tendance à faire du chantage à la petite semaine. Vicieux, mais sans envergure. Il y a quelques années, j'ai failli lui faire retirer sa licence et même le coffrer. Je ne peux m'empêcher de faire une remarque :

– Elle aurait pu mieux tomber.

– Je sais bien, patron. Mais je n'ai rien dit pour ne pas l'inquiéter. Je ne lui ai pas dit non plus ce que nous voulions savoir, pour qu'elle ne soit pas tentée de lui téléphoner. On ne sait jamais. J'ai vu Angelino. Il n'a fait aucune difficulté. Il m'a dit qu'il ne se souvenait pas vraiment de cette affaire. Je ne sais pas s'il mentait, mais il a recherché dans ses dossiers avant de me dire qu'il avait fait cette filature il y a plus de cinq ans. Je précise tout de suite que Constance, jointe par téléphone, m'a confirmé cette information.

Voilà qu'il la désigne par son prénom. C'est sans doute parce que son nom est compliqué. Je reviens au privé :

– Il n'a pas d'autre information au dossier ?

– Là, il a été plus réticent. Il ne voulait donner aucun détail. J'ai insisté et il a fini par me dire que sa filature avait été très facile et que, dès qu'il avait donné à sa cliente les coordonnées de la maîtresse, elle lui avait fait arrêter le boulot. Il a dit qu'elle l'avait très bien payé et qu'il n'en avait jamais plus entendu parler.

– Très bien. Et en ce qui concerne les fréquentations de Constance ?

– Ah bon ! Vous aussi ! C'est plus facile, vous ne trouvez pas ?

Je ne réponds pas. Il continue :

– La première fois que je l'ai vue, j'ai eu l'impression d'une personne solitaire, restant chez elle tout le temps. Eh bien, pas du tout ! Quand je l'ai lancée sur le sujet, elle est devenue intarissable. En réalité, elle sort très souvent avec des amies : promenade, achats ou salon de thé. Ce sont presque toutes les épouses des copains de club de son mari. Rien que du beau monde. Des hommes importants, haut placés. En théorie, elle a aussi bien pu ne rien entendre qu'apprendre n'importe quoi à propos de la mort de Mme Marnier.

Elle n'est donc pas rayée de la liste des suspects. Elle a pu tuer ou être complice de son mari. C'est peu probable, mais on ne sait jamais. L'un ou l'autre a très bien pu recueillir des informations permettant de monter la scène. La présence de sperme ne colle pas au départ. Mais qui sait si pour rendre crédible l'acte, en se fondant sur un renseignement inexact ou extrapolé, il n'a pas pu aller jusque-là ? L'expérience montre que dès lors qu'on en arrive à tuer avec préméditation, il n'y a plus de barrières.

Mais quel serait le mobile ?

Claudia Lapierre n'avait pas à se plaindre de son amant, mais qui sait ? Imaginons qu'elle soit tombée amoureuse d'un autre homme. Elle peut avoir essayé de faire du chantage pour avoir un cadeau d'adieu. Dans ce cas, il aurait agi seul, inquiet à la seule idée que sa femme soit au courant... Ou alors il nous a menti et on peut imaginer qu'il se soit mis d'accord avec elle pour en finir avec sa maîtresse. D'ailleurs, chacun d'eux fournit à l'autre son seul alibi. Peut-être Claudia était-elle trop gourmande ? Ce qui ramène à la troisième recherche demandée à Mussard. Je lui pose la question :

– Et le problème des fortunes personnelles dans le couple, qu'est-ce que ça donne ?

– Justement, patron, j'ai gardé le meilleur pour la fin. C'est facile à retenir, tout est à elle !

– Précisez ?

– C'est simple, l'étude appartenait à son père et quand elle l'a épousé, il était premier clerc. Il a passé le diplôme et lorsque le papa a été à la retraite, il a pris la place. Mais ce qu'il faut savoir, c'est qu'elle a tous ses diplômes, elle aussi. Officiellement, ils sont notaires tous les deux. Ils ont formé une SCP dans laquelle elle détient presque tout le capital. Elle ne pratique pas et lui laisse tout le travail. Elle dit qu'il est satisfait parce qu'il apparaît aux yeux de tous comme le patron, mais ce n'est pas le cas.

– Il ne possède rien ?

– Rien au départ. Bien sûr, au fil des années il a fait des placements. Rappelez-vous, il a bien réussi à payer un studio à sa petite amie. Mais il n'est pas réellement riche. C'est sa femme qui l'est. Elle a toutes sortes de placements : portefeuille boursier, immobilier, tout ce que vous pouvez imaginer.

Cette information la blanchit à mes yeux. Pas de passion puisqu'elle avait admis la liaison de son mari sans en être gênée. Et puis, financièrement indépendante, elle n'avait aucune raison de devenir complice. Elle n'y avait aucun intérêt. Un chantage n'aurait eu aucune prise sur elle, pas plus que le mini-scandale qui aurait pu résulter des révélations de la maîtresse. Si ça se trouve, toutes ses copines connaissent l'histoire.

Lui, par contre, pouvait craindre les conséquences d'une telle situation. Difficile de demander un test ADN officiellement à ce stade. Mais une comparaison à son insu est peut-être possible. Je demande à Mussard :

– Vous croyez que vous pourriez arriver à vous procurer des cheveux du mari pour demander au labo une comparaison de l'ADN avec celui du sperme ?

– Aucun problème, patron. Je dois pouvoir m'arranger avec Constance.

Il me regarde, sûr de lui, avec un petit sourire. Il a l'air du dernier bien avec elle. Je préfère ne rien lui demander. D'ailleurs, je me fais sûrement des idées...

Mon moral ne cesse de s'améliorer. Il va falloir faire un nouveau rapport. Avertir le SRPJ et la juge. Sans compter les informations que Picard va nous donner en plus. Il s'agite sur son tabouret depuis un moment déjà. Dès que je le regarde, il démarre :

– Je suis entré en contact avec le labo. Ils ont récupéré sur le lit de Mme Marnier des poils qui ne sont pas à elle. Ils vont faire une comparaison et vous adresseront directement le résultat.

– Bien, Picard. Et en ce qui concerne les clés ?

– Pour Mme Marnier, j'ai vu les gardiens. Ils ne voient pas qui, à part eux, pourrait les avoir.

– Du nouveau pour Chantal Bonfils ?

– J'ai relancé les collègues de Marseille. Ils ne nous ont pas oubliés, mais il faut encore attendre. Ils ont bien trouvé le fils. Il sait que sa mère est en voyage, mais ignore comment la joindre et ne sait pas quand elle reviendra. Il a promis d'appeler sur-le-champ s'il a des nouvelles. Les voisins les plus proches se sont également engagés à prévenir dès son retour.

Nous jouons de malchance. C'est la seule personne qui puisse nous renseigner sur Mme Marnier et elle disparaît juste quand on a besoin d'elle.

– Et pour la photo ?

– J'allais vous le dire. Ils ont fait le nécessaire. Ils avaient quelqu'un qui faisait une liaison sur Nice et lui ont remis l'enveloppe. Nous l'aurons d'un instant à l'autre.

– Parfait. Et du côté des gardiens ?

– J'ai passé pas mal de temps avec eux, patron. Il faut chaque fois leur tirer les vers du nez. Mme Parny se remet à pleurer chaque fois qu'on parle de la morte. Quant à son mari, il n'est pas bien dégourdi... À force de leur poser des questions, ils ont fini par se rappeler qu'elle avait un neveu. Ils ne le connaissent pas, n'ont pas ses coordonnées, mais se souviennent qu'il était venu aux obsèques du mari. Il était même resté quelques jours avec sa tante. Personne ne l'a revu depuis et elle n'en a jamais reparlé.

Je n'ai vraiment jamais eu une affaire comme celle-là. Pas de famille à part un neveu introuvable. Pas de relations, à part une amie injoignable. Quand j'ai fouiné dans l'appartement, j'ai pu laisser échapper un indice car j'ignorais l'existence de ce neveu. Picard pourrait vérifier ce point.

– Vous allez retourner à l'appartement et chercher sa trace. Voyez les lettres, les photos, tout ce qui peut fournir une indication sur ce neveu. Dans un tiroir du bureau, il y a des clichés anciens qui datent de leur commerce à Paris. Regardez-les et, si vous avez un doute, montrez-les aux Parny. Fouillez aussi entièrement les boîtes qui sont dans le placard au fond du couloir. Je l'ai fait trop vite et j'ai pu louper quelque chose. Et pour Claudia Lapierre ?

– J'ai identifié les hommes qui sont sur les photos.

– Déjà ?

– J'ai eu de la chance, patron. Les collègues d'Antibes en ont tout de suite reconnu un. Il tourne toute la journée dans la ville : c'est un moniteur d'auto-école. Pour l'autre, c'est Parny qui m'a aidé. L'an dernier, il avait loué un studio en août dans leur résidence.

– Dans l'immeuble de Mme Marnier ?

– Affirmatif, patron ! J'ai son adresse à Toulon. Il l'a laissée aux gardiens pour le courrier. J'ai appelé les collègues et je pense avoir son téléphone d'un moment à l'autre.

– Bon travail, Picard ! Vous convoquez celui d'Antibes au service demain à neuf heures trente. Dès que vous aurez l'autre, essayez de le faire venir aussi. Quand il saura ce dont il s'agit, il fera un effort. Dix heures trente ou onze heures, ça serait parfait.

– Bien compris. Vous voulez les tuyaux que j'ai déjà sur eux ?

– Pas la peine. Faites-moi une fiche détaillée sur chacun. Je veux les avoir sur mon bureau avant les auditions. Autre chose ?

– Oui. À part eux, des dizaines de personnes ont pu avoir ses clés en main. Une fois, elle les a même confiées à une copine de plage qui voulait se doucher. Elle avait décroché un rencard et n'avait pas le temps de repasser chez elle. C'est vous dire... J'ai pourtant eu un tuyau avec ses voisins de palier. Il semble que ces derniers temps un homme jeune soit venu régulièrement chez elle. Ils l'ont remarqué à plusieurs reprises. Ils l'ont même vu entrer dans l'appartement en l'absence de Claudia. Ils sont certains qu'il avait les clés et pensent être capables de le reconnaître.

Comme d'habitude, Picard s'est perdu dans les détails au lieu de passer tout de suite à l'essentiel. Je finis par me demander s'il réalise l'importance de ce qu'il vient de nous annoncer.

– Enfin, Picard, qu'est-ce qui vous arrive ? Vous ne pouviez pas commencer par ça ? Vous vous rendez compte de ce que vous avez dégotté ?

– Oui, mais je voulais aussi vous dire, en terminant, que j'ai hésité, patron. Les voisins en question sont un peu marginaux, un peu dingues. Je me demande si on peut leur faire confiance. Ils ont pu inventer tout ça pour se rendre intéressants...

– Pas question d'hésiter. Vous allez vous

occuper de toute urgence de leur faire faire un portrait-robot. Dès qu'il sera au point, vous le diffusez à tous les commissariats de la région, et vous faites le tour du quartier en le montrant à tout le monde. Et si vous n'avez rien obtenu demain, je le balance à la presse et à la télé. Allez ! Exécution immédiate !

Ils ramassent leurs affaires et sortent illico. Je décide de rejoindre Nice. Nous avons réellement du nouveau. C'est le moment de pondre sans tarder un nouveau rapport au boss.

Quand j'arrive à la boutique, il n'y a personne pour me retarder. Ou bien je me suis trompé sur leur compte, ou bien les journalistes se sont fatigués d'attendre. À moins qu'ils n'aient dans les lieux un copain, plus ou moins ripoux, chargé de les rencarder dès mon arrivée. Si tel est le cas, gare à la sortie...

Il ne me reste plus qu'à me mettre au travail. Cette fois il me faut deux bonnes heures pour en venir à bout. Je pars de la dernière partie du compte rendu de la veille, et je développe comment, à partir des « suites à donner », nous avons avancé. Bien entendu, j'expose les hypothèses qui en découlent et j'annonce les nouvelles « suites à donner ».

Après deux relectures et quelques corrections, je pense qu'il est complet et je l'envoie.

J'appelle ensuite Chloé Pérot. Je lui dis combien je suis heureux de la joindre. Elle comprend l'allusion et m'explique qu'elle a dû se déplacer pour une autre affaire. Je lui dis que je suis passé hier lui remettre un rapport, mais qu'en son absence j'ai préféré ne pas le laisser au greffier. Elle est au courant. Il n'a pas vraiment apprécié et elle le défend :

– Cela fait plusieurs années que je travaille avec lui et je puis vous assurer qu'il est de toute confiance. Je vous en parle à l'aise : il n'est pas là. Je veux bien comprendre votre prudence, mais je pense qu'une autre fois vous pourriez essayer d'être un peu plus diplomate.

– Je comprends, madame la juge. Je n'ai pas voulu le vexer. D'un autre côté, s'il voit les précisions données dans la presse, il ne peut que se féliciter de ne pas l'avoir eu entre les mains. Au moins, personne ne pourra le soupçonner... même à tort, bien entendu.

Je l'entends rire. Ouf ! c'est gagné... Maintenant, il me faut un rendez-vous.

– J'aimerais pouvoir vous rencontrer rapidement, avec le rapport en question et un autre que je viens de rédiger.

– Voulez-vous demain matin ?

– Plutôt l'après-midi. J'ai deux auditions le matin. Je vous en parlerai.

– Treize heures ?

– Sans problème. Vous pouvez compter sur moi.

– Alors à demain !

– Bonne soirée, madame la juge.

J'édite tout de suite les rapports et les glisse dans une enveloppe que je ferme soigneusement avant de la mettre dans ma poche.

La journée a été meilleure que la veille et je me sens des ailes. Ce soir, je ne vais pas oublier d'aller voir Carla. Je sais déjà que ce sera une soirée formidable. Je lui dois bien un peu de reconnaissance pour sa sollicitude d'hier... et puis j'ai tellement envie de la serrer dans mes bras...

10

En arrivant, je trouve deux chemises. C'est bien Picard. Je lui demande des fiches et il me fait des dossiers.

J'ouvre le premier. Deux photos : la « totale » et celle qui a servi aux recherches. Je regarde à nouveau. C'est vraiment très *hard*. Notre Claudia devait avoir un sacré tempérament. La fiche comporte les renseignements habituels : José Scotto, âgé de quarante-deux ans. Marié. Moniteur d'auto-école domicilié à Antibes, où il exerce sa profession. Honorablement connu. Pas de casier. Réputé pour son intégrité professionnelle.

Le second concerne Yves Carpentier, trente-cinq ans, divorcé, cadre de banque à Toulon, où il est domicilié. Pas de casier. Aucun autre renseignement. La photo « intime » est particulièrement osée : il est nu, debout. Claudia Lapierre est à genoux devant lui et lui fait une fellation. Tout de même, peu de personnes prennent de telles photos !

Au bout d'un moment, le planton m'annonce que M. Scotto vient d'arriver. Je le fais conduire à mon bureau.

Dès son entrée, je l'invite à s'asseoir et je l'observe un instant. De taille moyenne, assez corpulent, il est habillé dans un style décontracté : jean, polo siglé et mocassins clairs. Il est très net et je lui trouve un regard franc, bien qu'il soit visiblement fort ennuyé d'être devant moi. Je lui demande :

– Connaissiez-vous Claudia Lapierre ?

– Oui.

– Quand et comment l'avez-vous connue ?

– Il y a presque cinq ans, je pense. Je lui ai fait passer son permis.

– La connaissiez-vous intimement ?

– Certainement pas.

– Même pas une aventure ?

– Je vous ai déjà répondu.

– Très bien. Comment expliquez-vous cela ?

Et je mets devant lui la photo sur laquelle il se trouve nu contre elle, dans une position plus que suggestive. Son visage se décompose et il s'exclame :

– Merde alors ! Elle m'a bien eu !

– Mais encore ?

– D'accord. Je vais tout vous dire. Quand elle a eu son permis, je l'ai raccompagnée chez elle comme après chaque leçon. Elle m'a invité à monter arroser son succès et j'ai accepté...

– Et alors ?

– Alors j'ai un peu trop bu, et quand elle est devenue entreprenante, je n'ai pas résisté. Elle m'a fait l'amour. Vous comprenez, monsieur le commissaire : c'est elle qui m'a fait l'amour. J'étais paf et je n'ai gardé qu'un souvenir assez vague de ce qui s'est passé.

– Vous avez quand même fait une belle photo.

– Je ne m'en suis même pas rendu compte. Quelques jours plus tard, elle a voulu me revoir. J'étais gêné, je ne voulais pas retourner chez elle et j'ai fini par accepter, pour m'expliquer une bonne fois.

– C'est là que vous avez fait la photo ?

– Elle l'avait faite la première fois. Quand je suis arrivé, elle m'a dit que j'avais été un amant formidable et elle me l'a montrée. Vous savez, ce n'est pas mon truc et j'ai été choqué. Je lui ai dit que pour moi c'était un accident et que je ne voulais pas la revoir. Elle m'a dit qu'elle comprenait et nous avons détruit ensemble la photo et le négatif. Je ne pouvais pas savoir qu'elle avait fait un double tirage.

– Et elle vous a fait chanter ?

– Pas du tout. Je ne l'ai jamais revue, et jusqu'à aujourd'hui j'ignorais qu'il y avait un double de la photo.

– Très bien, mais je vais tout de même

vous demander ce que vous faisiez la nuit où elle est morte.

– Ce n'est pas juste. C'est une histoire qui remonte à cinq ans. Vous n'allez pas dire que vous me soupçonnez ?

– C'est une question de routine. Je suis obligé de vérifier.

– J'ai appris sa mort par le journal en revenant de voyage. J'étais allé avec ma femme passer une semaine chez mes beaux-parents.

– Où ?

– À Saint-Étienne.

– Nous allons vérifier.

– S'il vous plaît, ne mêlez pas ma famille à vos contrôles.

Il réfléchit un moment, puis son regard s'allume et il me dit :

– Nous y sommes allés en train. Je pense que j'ai encore les billets.

– Je vous enverrai un lieutenant.

– Pas chez moi.

– D'accord, à votre bureau.

– Merci, commissaire ! Je préparerai les billets. Et puis, avec mon agenda, il pourra contrôler que je n'étais pas là.

Je le laisse partir. Il a l'air sincère, mais pour un flic ce n'est pas suffisant. Je vais tout de même demander une enquête discrète chez ses beaux-parents. On ne sait jamais. Il peut très bien avoir cédé à un chantage pendant des années et avoir décidé d'en finir. Dans une telle hypothèse, il a eu tout le temps de s'organiser un alibi : il va chez ses beaux-parents, trouve un prétexte pour s'absenter, loue une voiture et fait un aller-retour.

Le temps passe sans que mon autre témoin se manifeste. Il a pourtant confirmé qu'il viendrait. J'attends encore, sachant qu'il a un long trajet. À onze heures et quart, il arrive enfin.

Je vois entrer un bel homme, grand, blond, bien bâti. Costume croisé gris clair, chemise impeccable et cravate de soie. La classe. Rien de commun avec celui découvert nu avec la victime sur la photo. Comme quoi il ne faut pas se fier aux apparences.

Je vais devoir jouer serré.

– Vous êtes entendu comme témoin dans une affaire d'assassinat.

– Quel assassinat ?

– Celui de Claudia Lapierre.

– Claudia est morte ?

Il est complètement ébahi ou alors c'est un sacré comédien.

– Vous semblez l'ignorer. Pourtant vous la connaissiez.

– J'ai eu une aventure avec elle l'été dernier. J'avais loué un studio à Juan-les-Pins au mois d'août. Depuis mon divorce, je vis seul et je ne recherche pas la compagnie des femmes. Avec ce que m'a fait vivre mon ex, j'ai gardé la haine. Je ne fréquente que des prostituées. Je n'arrive à faire l'amour qu'avec des salopes.

Au moins, il ne mâche pas ses mots. Mais il ouvre une nouvelle piste.

– Vous dites que Claudia Lapierre était une prostituée ?

– Je n'ai rien dit de tel. Laissez-moi finir !

– D'accord. Continuez.

– Au début, j'ai cru qu'elle l'était. Elle m'a abordé sur la plage et, très vite, elle m'a demandé si j'aimais faire l'amour sans tabou. J'ai dit oui et nous avons parlé de sexe. De fil en aiguille, elle m'a invité à aller chez elle. Et là, elle m'a fait le grand jeu. La seule chose qui m'a étonné, c'est qu'elle ne m'a pas demandé d'argent. Pour le reste, elle avait tout d'une putain, et c'est pour ça que j'ai réussi à prendre mon pied avec elle. C'était tellement bien que je l'ai revue à plusieurs reprises.

– Et la photo ?

– Un jour, elle a voulu faire une photo. Elle m'a bien échauffé, puis elle a mis l'appareil en automatique et s'est précipitée pour continuer à me sucer pendant le flash. Elle était très excitée. Moi, les photos ne m'excitent pas. C'était pour elle.

– Et après ?

– Après, mes vacances étaient finies et je suis reparti chez moi. Je ne l'ai jamais revue. D'ailleurs, je ne suis jamais revenu à Juan-les-Pins.

– Qu'est-ce qui me le prouve ?

– Rien, commissaire. Mais ce serait plutôt à vous de prouver le contraire.

– Écoutez bien, monsieur Carpentier. Je ne vais pas tourner autour du pot. Je vais vous demander un alibi pour le jour de sa mort. Si vous n'êtes pas d'accord, je demanderai à la juge d'instruction d'ordonner un prélèvement de salive. Nous avons l'ADN du tueur. Ce sera incontestable, dans un sens ou dans l'autre. Entre nous, si vous n'avez rien à cacher, l'alibi est plus simple...

Il réfléchit un moment, puis se décide :

– D'accord. Mais je suis incapable de vous dire ce que j'ai fait tel ou tel jour. Je suis conseil en gestion de patrimoine et je me déplace souvent. Je vais au domicile de mes clients. Je travaille aussi le soir, quand ils sont chez eux. J'ai besoin de consulter mon planning.

– Je comprends. Vous allez repartir chez vous et je vous ferai contacter par les collègues de Toulon. Je sais que ce n'est pas marrant pour vous et que vous avez pris sur votre temps pour venir. Je tiens à vous remercier pour votre collaboration.

Après son départ, je réalise que, finalement, il a été franc et correct. Il n'a pas le profil d'une personne que l'on fait chanter. Il assume ses fantasmes et n'a de comptes à rendre à personne. Ma seule arrière-pensée concerne sa haine des femmes et les comportements sexuels qui en résultent. S'il n'a pas d'alibi, cela pourrait bien constituer un mobile pour Claudia Lapierre. Mais certainement pas pour Mme Marnier, même s'il a passé un mois dans la même résidence.

Il est tard. Chloé m'attend. Je n'ai plus le temps d'aller au restaurant. Je mange un panini et je bois une bouteille d'eau. Puis je saute sur ma moto et je file à Grasse.

À peine assis, le greffier dépose devant moi un gobelet en plastique fumant. La juge vient d'ouvrir l'enveloppe. Elle feuillette rapidement les rapports et les pose sur le bureau. Elle se tourne vers lui.

– Vous vous souvenez que vous devez aller chercher des dossiers aux archives pour l'instruction de la plainte du bijoutier. Je pense que vous pourriez le faire maintenant, pendant que le commissaire Dupin me fait son compte rendu.

Il acquiesce et sort aussitôt. Je ne trouve

pas qu'elle est tellement plus diplomate que moi. Ce n'est pourtant pas son avis :

– Vous voyez, commissaire, il suffit de trouver un prétexte pour ne pas le vexer. J'ai bien compris qu'il s'agit de rapports que vous ne souhaitez pas divulguer en dehors d'un cercle restreint. Je vais les lire et nous pourrons en discuter ensuite.

Pendant qu'elle se plonge dans sa lecture, je trempe les lèvres dans le café. Il est infect. C'est pour éviter d'avaler ce genre de boisson que j'ai investi dans une cafetière personnelle pour mon propre bureau. Je m'efforce pourtant d'en avaler quelques gorgées pendant que je l'observe. Son visage est sérieux et même grave. Je ne l'ai jamais vue ainsi et je suis impressionné. Je sais bien que nous devons nous en tenir à une stricte collaboration et que, dans nos fonctions, je dois la voir exactement comme je verrais un homme assis à sa place. Je n'y arrive pas. Je ne peux la voir autrement que comme une femme. Et même une belle femme. Je trouve que son air sérieux lui donne encore plus de charme.

Je réalise que Carla n'aimerait pas lire dans mes pensées en ce moment et je me détourne. Je regarde autour de moi. C'est propre et net, bien rangé. Pas un dossier ne dépasse des piles. Pourtant, je sais qu'elle est la plupart du temps débordée et qu'elle ne renonce pas facilement à ses loisirs. Dans le fond, c'est peut-être le greffier qui met de l'ordre...

Elle termine sa lecture et me sourit.

– Bravo, commissaire ! C'est du bon travail ! Vos rapports sont clairs et leur contenu est très encourageant. Personnellement, j'ai du mal à vous suivre en ce qui concerne une éventuelle implication des époux Nicolet-Audebert. Pour moi, ils ne sont pas dans le coup et les arguments fondés sur un supposé chantage ne sont pas convaincants.

– Ce n'est qu'une piste, madame la juge. À ce stade, je ne pense pas pouvoir exprimer une conviction. En revanche, rien ne doit être exclu.

– Certes, j'entends bien. Il n'empêche que j'attends davantage des analyses ADN. Si le laboratoire trouve une trace identique chez la première victime, cela écartera le notaire et confirmera que nous sommes en présence d'un maniaque. Pour ma part, j'en suis persuadée depuis que j'ai eu connaissance des circonstances du premier crime. La mise en scène ne trompe pas. Depuis le second, je parie pour un tueur en série. À cet égard, j'attends beaucoup du portrait-robot. Il y a bien un homme jeune qui fréquentait la seconde victime en se faisant discret et qui n'est pas apparu depuis son décès. Si vous l'identifiez, ce sera son ADN qui sera décisif...

Elle a lu les rapports rapidement mais les a bien assimilés. Je m'apprête à répondre quand mon portable se met à sonner. Je décroche et j'entends la voix de Mussard. Il a l'air excité :

– C'est vous, patron ? Vous êtes bien chez la juge ?

– Oui. Pourquoi ?

– Ne bougez pas ! Je suis à Mougins. J'arrive dans quelques minutes.

– Qu'est-ce qui se passe ?

Sa voix tombe comme un couperet :

– Nous avons un troisième crime à Juan-les-Pins.

Je raccroche. Un froid glacial s'installe dans mes membres. La juge me regarde, un sourcil levé. Elle attend une explication.

– C'est mon adjoint. Il vient me chercher. Nous avons un nouveau crime à Juan.

Dans un éclair, je me rends compte que cela correspond à ce qu'elle était en train de me dire. Elle a donc raison.

– Cette fois, je viens avec vous. Attendez un instant !

Elle s'empare du téléphone et fait un numéro.

– Bonjour, monsieur le procureur. C'est

Chloé Pérot. Nous avons un nouveau crime à Juan-les-Pins.

Elle écoute un bon moment son interlocuteur et conclut :

– J'allais vous le proposer.

Elle raccroche et se tourne vers moi.

– Il est sur les lieux et pense que l'affaire est liée aux précédentes. Il me la confie. Allons-y !

Elle s'est déjà levée et ramasse son sac.

Nous filons ensemble vers la sortie. Pendant que nous attendons, j'ai le temps de lui relater les auditions du matin. Elle m'écoute d'une oreille distraite. Elle a pourtant bien entendu puisqu'elle finit par me dire :

– Encore deux fausses pistes. Nous jouons de malchance. Et maintenant, voilà que nous avons une récidive...

Je pourrais lui faire remarquer que les alibis restent à contrôler, mais je préfère ne pas répondre. D'ailleurs, je pense exactement comme elle. Nous embarquons dès l'arrivée de la voiture et Mussard démarre sur les chapeaux de roue. Il roule une fois de plus à tombeau ouvert. Il est concentré sur sa conduite, mais sort de son silence en arrivant à Antibes :

– Toujours le même quartier, patron. Cette fois, c'est à proximité de la Pinède. J'ai l'impression qu'on tourne autour d'un point qui pourrait être le domicile du tueur. Je me demande si on ne devrait pas travailler cette idée sur un plan.

– Comment êtes-vous certain que c'est le même agresseur ?

– D'après le peu que m'en a dit le collègue d'Antibes, c'est le même. Ou alors c'est drôlement bien imité !

Nous approchons du but. En arrivant à la Pinède, nous apercevons les véhicules de la police et des pompiers qui bloquent une rue. Les gyrophares continuent à tourner. Nous nous arrêtons au beau milieu de la voie.

J'observe la juge. Cramponnée à la poignée située au-dessus de la portière, elle n'a pas prononcé une parole depuis le départ. Elle descend aussi vite que nous et même nous précède vers le périmètre de sécurité. Le flic posté là ne la connaît pas. Je lui fais un signe et il soulève la bande de plastique pour la faire passer. Elle avance résolument vers un petit portail. Décidément, c'est une sacrée femme.

Renard n'est pas là. Son adjoint m'apprend qu'il est en congé. Il me montre le passage emprunté par la juge et dit :

– C'est derrière, à l'étage.

Je lui demande :

– Vous la connaissez ?

– Pas spécialement. Elle se nomme Christiane Paoli. Elle a un peu plus de cinquante ans. Je n'en sais pas plus !

Nous sommes sur le côté d'une pizzeria. À l'arrière, nous débouchons dans une cour entourée d'un mur de deux mètres au moins. Le sol, recouvert de gravier, est encombré de tables et de chaises blanches empilées. Sans doute le mobilier de la terrasse, inutilisée en cette saison. Un escalier extérieur conduit à l'étage, vers une porte ouverte surveillée par un agent. Nous montons.

Nous franchissons une minuscule entrée et entrons dans la salle de séjour. C'est une grande pièce très claire. Les murs sont blancs, simplement crépis. Le tour des fenêtres est en pierres nues. Le plafond, rustique, avec de belles poutres apparentes. Devant nous, un coin salon composé de vieux fauteuils en cuir et d'un canapé plus récent de même style. Au centre, un guéridon rustique et, près d'une fenêtre, une table basse recouverte de bouteilles.

Un peu plus loin, la salle à manger Henri II derrière laquelle une porte ouverte laisse entrevoir la cuisine. L'agitation et le bruit sont sur la gauche, dans une grande chambre envahie, comme chaque fois en pareil cas, par le légiste et l'équipe scientifique. Le mobilier est ancien, comme dans le séjour. Au départ, je ne distingue rien sur le lit-bateau, derrière le rebord assez haut.

En approchant, je découvre le corps. C'est hallucinant. La femme est couchée sur le ventre, tête enfouie dans l'oreiller. Ses poignets sont liés dans son dos par un foulard. Le manche d'un couteau dépasse de son dos.

Je ressens cette vision comme une agression, comme une attaque personnelle. J'ai l'impression que le tueur me défie et je sens monter en moi une vague de rage impuissante qui me suffoque. Quand je parviens à me maîtriser, j'observe mieux la scène et les différences apparaissent. Il y a des traces de sang sur l'oreiller, et il y a moins, beaucoup moins de coups de couteau. Sur le sol, près de la table de chevet, je distingue un gros cendrier. Des cendres et des mégots sont répandus sur la moquette.

Je reviens en arrière et je continue la visite de l'appartement. Près de la chambre se trouve une salle de bains éclairée par une grande fenêtre. Elle est revêtue de carreaux bleu clair assortis aux sanitaires. L'ensemble est plaisant, de très bon goût, impeccablement propre. Plus loin, au bout du couloir, se trouvent les WC.

Je retourne vers la salle de séjour, que je traverse pour me rendre à la cuisine. Même impression : équipement moderne et propreté parfaite. Rien ne traîne sur la table ou les meubles. Chloé est assise sur une chaise. Son visage est blême malgré le bronzage. Elle est secouée et je tente de la réconforter :

– Ça va aller, madame la juge ? Vous voulez que nous allions prendre l'air ?

Manifestement, ce n'est pas ce qu'elle attend de moi. Elle se redresse, retrouve sa dignité et rétorque :

– Ce ne sera pas nécessaire, commissaire. Ça va aller. Je reconnais que ce n'est pas beau à voir, mais mon métier l'exige...

J'ai une certaine admiration pour sa manière d'assumer la situation. Je n'ai pas le temps de répondre. Elle continue :

– D'après ce que je sais des affaires précédentes, nous sommes en présence de la même mise en scène. Voyez-vous quelque chose de nouveau ?

– Globalement, c'est la même scène. Mais cette fois, j'ai vu un saignement à la tête et il y a beaucoup moins de coups de couteau.

Je suis interrompu par l'arrivée du docteur Komat. Ils n'ont pas l'air de se connaître. J'en suis étonné et m'empresse de faire les présentations. Il ne lui adresse pas pour autant la parole. Comme à l'accoutumée, il range ses affaires et remet en ordre ses vêtements. Je fais un signe d'attente à la juge, qui me sourit et ne dit rien. Quand il a terminé son cérémonial, le légiste se tourne vers nous, mais ne peut s'empêcher de s'adresser directement à moi :

– Le scénario est globalement le même. Pourtant, il y a des différences importantes. D'abord, un coup violent a été porté à la tempe gauche avec un cendrier. Je n'ai pas besoin de la confirmation du labo : le cendrier est taché de sang. Sous réserve d'une surprise à l'autopsie, je pense que ce coup était mortel. Ce n'est pas tout. Cette fois, la victime n'a reçu que trois coups de couteau. Enfin, d'après mes premières constatations, il y a des signes de violence sexuelle.

Je demande :

– De quelle nature ?

– Je pense qu'elle a été sodomisée. Attention, ce n'est qu'une première approche. Attendez que j'aie pratiqué l'autopsie pour tirer des conclusions de ce que je viens de vous dire.

Il y a autre chose qui me tracasse et je le lui dis :

– Docteur, vous dites que le coup a été porté à la tempe gauche. Pourtant, j'ai vu le cendrier par terre. Il est du côté de la tempe droite.

– Je pense que lorsqu'elle a été frappée,

elle était sur le dos et faisait face à son agresseur. Il a dû la retourner ensuite, quand elle était inerte. Le labo vous le confirmera certainement.

Avant de partir, il m'adresse la formule rituelle :

– Bon, je vous laisse. Je vous ferai passer mon rapport dès qu'il sera terminé.

Au moment où il se retourne pour partir, il sursaute. La juge vient de l'interpeller :

– Pas cette fois, docteur ! J'ai décidé de me joindre à l'enquête. Quand comptez-vous avoir le rapport en main ?

– Demain, vers dix heures.

– Très bien ! Vous serez aimable de l'adresser directement à mon cabinet.

– Parfait, madame la juge. Vous pouvez compter sur moi.

Et il s'éloigne, drapé dans sa dignité.

La juge se rend dans la chambre et fait la même demande au lieutenant Perneau, qui, lui aussi, promet son rapport en fin de matinée.

Elle se comporte comme un petit chef. Elle ne m'y a pas habitué et je le vis mal. Il ne faudrait pas que, voulant bien faire, elle nous ralentisse. Les textes qui régissent nos procédures sont de plus en plus restrictifs et, de temps en temps, pour avancer, nous sommes amenés à les lire moins attentivement... S'il faut tout lui dire, nous ne pourrons plus rien faire.

Je récupère mes adjoints, que je traîne vers la cuisine. Elle nous suit. J'espère qu'elle ne va pas se mêler de mes affaires. Je demande à Picard de repartir tout de suite en chasse avec le portrait-robot et de ne pas oublier de tourner autour de la Pinède. On ne sait jamais. L'homme que nous cherchons a pu se faire repérer par là. Je m'adresse ensuite à Mussard :

– Vous me faites l'enquête de proximité. Comme d'habitude. Tout sur la victime et les voisins. N'oubliez pas les autres photos, surtout celle de Mme Bonfils, qui n'a pas circulé jusqu'ici. Elle peut avoir établi un lien entre les trois et il pourrait se situer par ici. N'oubliez pas ce que vous m'avez dit : vous avez toujours perdu sa trace et celle de son amie Marnier en arrivant à la Pinède...

Au moment où je m'apprête à leur donner rendez-vous, la juge intervient à nouveau :

– Le point dans mon cabinet demain. Nous nous retrouvons tous à quatorze heures. Lequel de vous me reconduit ?

– Moi, madame la juge.

– Allons-y, commandant ! Bon courage, messieurs !

Et elle nous plante là, suivie de Mussard médusé.

Je n'ai que le temps de les rattraper en disant :

– Je viens avec vous, ma moto est restée à Grasse !

11

Il est juste quatorze heures quand je frappe à la porte du cabinet. Je suis accompagné par mes deux adjoints. Ce n'est pas un hasard. Comme je n'aime pas me faire mener par le bout du nez, serait-ce par une charmante magistrate, j'ai préféré prendre mes précautions.

Je ne suis pas allé jusqu'à organiser une réunion en interne avant de venir ici. Je ne voulais ni me laisser aller à une réaction exagérée à la prise en main de l'enquête par la juge, ni lui faire un procès d'intention. De plus, je ne vois pas comment nous aurions pu nous concerter sur les derniers éléments recueillis sans que cela apparaisse en sa présence. Enfin, elle a bien verrouillé le système en se faisant envoyer directement les rapports du labo et du légiste.

Je voulais juste que nous restions solidaires, et que nous ayons tous les trois la même attitude. Je l'ai dit clairement tant que nous étions entre nous :

– Vous savez bien que je n'aime pas qu'on fourre son nez dans mes affaires. Je n'ai pas besoin de vous faire un dessin. D'un autre côté, nous savons que la direction de l'enquête relève, selon la loi, du juge d'instruction.

Après cette entrée en matière « légaliste », je suis devenu plus précis :

– Nous allons participer à cette réunion sans état d'âme et, surtout, nous ne dissimulerons aucune information. Si on nous demande notre avis sur quoi que ce soit, nous le donnerons sans réserve. Par contre, si l'un d'entre nous entrevoit une piste qui n'est pas évoquée, il la garde pour notre groupe.

Tous deux sont restés immobiles et m'ont regardé attentivement, se demandant où je voulais en venir. J'ai continué :

– Ce que je veux dire, c'est ceci : collaboration totale, mais sans renoncer à la possibilité de réussir par nous-mêmes. Question d'amour-propre et parce qu'une bonne leçon éviterait qu'on nous refasse le coup de « la chef qui sait tout » à chaque fois.

J'ai pensé qu'ils avaient pigé. Ils se sont détendus. Ils avaient peut-être peur que je leur demande un coup tordu. J'ai conclu en disant :

– N'y voyez rien de personnel contre la juge Pérot. J'ai beaucoup d'estime pour elle et je la considère comme très compétente. Je ne veux pas lui mettre de bâtons dans les roues. Je veux juste que sa méthode ne nous fasse pas perdre l'esprit d'équipe.

Dès notre entrée, je suis frappé par un changement. Elle a fait rajouter une table et des chaises. Pas de doute, elle a l'intention de tout diriger d'ici et s'en donne les moyens. J'ai vu juste et j'ai bien fait de briefer mes collègues.

Elle vient au-devant de nous et nous accueille chaleureusement. Dès que nous sommes assis, le greffier nous porte des gobelets de café. Elle est repassée derrière son bureau et annonce :

– Nous devons attendre quelques instants avant de commencer. J'ai souhaité associer Albert Duroc, le profileur du SRPJ, à notre réunion. Il ne devrait plus tarder maintenant.

Et voilà. Je croyais qu'il ne fallait pas en parler, et le boss le met à la disposition de la juge d'instruction. En plus, d'après ce que j'ai compris, il va être content si elle l'appelle comme ça !

On frappe à la porte et nous voyons entrer celui que mon chef nomme « psychologue spécialisé dans la recherche des criminels ».

Il a environ trente-cinq ans. De taille moyenne, il est plutôt mince et bien fait. Je remarque son visage un peu tourmenté et ses joues sombres. Il est mal rasé ou doté d'un système pileux exceptionnel. Le col de sa chemise n'est pas net et le nœud de sa cravate, qu'il ne doit pas défaire quand il l'ôte, est devenu brillant à force de frotter son cou. Son pantalon de flanelle n'a plus de plis et la veste de tweed est déformée aux coudes. S'il fait exprès de se donner le style négligé, le résultat est remarquable. Dans le cas contraire, c'est inquiétant...

La juge fait les présentations et il prend place à la table. Aussitôt, il ouvre sa sacoche dont il extrait un ordinateur portable. Puis il sort une rallonge et se met en quête d'une prise. Le greffier se lève et branche le fil. Notre homme croit alors nécessaire de préciser :

– J'ai préféré venir avec mon ordinateur portable.

Il se tourne vers moi et continue :

– Il contient le rapport de première orientation que je devais vous transmettre. Étant donné les circonstances, j'ai préféré différer son envoi.

J'opine de la tête en guise d'acquiescement. Il se tourne ensuite vers la juge :

– Si vous êtes d'accord, je vais saisir les faits nouveaux qui seront évoqués pendant la réunion. Je dispose d'un logiciel personnel qui trie les informations et m'assiste au moment de l'analyse.

Et il ajoute en souriant :

– La méthode n'est pas encore bien au point, mais elle permet de gagner du temps...

Elle ne lui rend pas son sourire. J'ai l'impression qu'il commence à la fatiguer. Quand je pense que c'est vers moi que le patron a d'abord orienté son spécialiste, je me félicite qu'elle ait pris le relais.

Elle ouvre enfin la séance :

– Le but de notre réunion est de mettre en commun tout ce que nous savons des trois assassinats qui ont eu lieu à Juan-les-Pins. Tous les participants ayant disposé des informations recueillies et formalisées jusqu'ici, je crois inutile de les reprendre. Nous allons donc procéder tout d'abord à la lecture des rapports qui me sont parvenus ce matin. Ensuite, nous demanderons aux hommes de terrain de nous faire part des derniers éléments obtenus, puis le professeur Duroc nous donnera ses conclusions. Nous déciderons ensuite des pistes à suivre.

Elle se tourne alors vers son greffier, à qui elle demande de donner lecture du rapport du légiste :

Mme Paoli était âgée de cinquante-sept ans. Elle a reçu à la tempe un violent coup assené à l'aide d'un lourd cendrier en cristal. Ce coup, qui a provoqué un enfoncement temporal très important, était mortel.

Les coups de couteau portés dans son dos, au nombre de trois, étaient violents, mais aucun n'était fatal.

La victime a été sodomisée, sans doute *post mortem*. Les traces relevées lors de l'examen de l'anus ne laissent subsister aucun doute sur la pénétration, confirmée par le sperme trouvé à l'intérieur du corps.

Aucun produit suspect dans le sang. La victime n'a pas été droguée.

Pas d'autres traces relevées sur le corps.

L'heure du décès peut être fixée entre une heure quarante-cinq et deux heures du matin.

Le psychologue a tapé sans arrêt sur son clavier, à une vitesse remarquable, sans jamais demander de répéter un passage. Nous avons tous écouté attentivement la lecture, très claire, qui vient de nous être faite. Le rapport du laboratoire suit immédiatement :

La porte de l'appartement ne comporte aucune trace d'effraction et la serrure n'a pas été forcée.

Le coup porté à la tempe l'a été avec le cendrier trouvé près du lit. Celui-ci conserve des traces de sang et des fragments de peau appartenant à la victime.

Le corps était sur le ventre, mais a été retourné après la perte de conscience. L'angle selon lequel le coup a été porté et la position du cendrier montrent que la victime faisait face à son agresseur quand elle a été frappée.

Les mains, ramenées dans le dos, n'étaient pas liées mais seulement entourées par un foulard de soie. Les cheveux et fragments de peau trouvés sur le tissu permettent d'affirmer qu'il appartenait à la victime.

Le sperme trouvé dans le corps provient de la même personne que celui qui a souillé Mme Lapierre. Les cheveux trouvés sur le lit de Mme Marnier appartiennent à la même personne.

Les examens et analyses pratiqués sur les corps de Mmes Marnier, Lapierre et Paoli permettent d'affirmer de manière formelle que la même personne se trouvait présente et en contact avec les victimes dans les trois cas.

Le silence règne autour de la table. Cette fois, il ne s'agit plus de suppositions. Nous sommes bien en présence d'un tueur en série et il va falloir le trouver rapidement si on veut arrêter le massacre. Je repense à mon chef. Ce qu'il m'a dit est maintenant scientifiquement établi et j'ai eu tort de ne pas le croire. En fait, comme lui, je pressentais bien la vérité, mais je ne voulais pas l'admettre avant qu'elle me soit imposée. C'est fait.

Il me tarde maintenant d'avoir l'avis du psychologue. La juge est moins pressée car elle se tourne vers Picard :

– Capitaine, lorsque nous nous sommes quittés, le commissaire venait de vous demander de reprendre vos investigations avec le portrait-robot, en particulier aux alentours de la Pinède. Pouvez-vous nous dire où vous en êtes ?

Instinctivement, l'intéressé me regarde avant de répondre. Je ne lui fais aucun signe, même de simple connivence, qui pourrait être mal interprété. Il se décide à parler :

– J'ai repris mes recherches en présentant le portrait-robot dans tout le quartier. J'ai fait tous les commerçants, les bistrots, les joueurs de boule et même les mamans assises sur les bancs dans la Pinède. Personne ne l'a jamais vu. Je n'y comprends rien. J'ai même fini par croire que le portrait n'était pas bien fait.

Je ne peux m'empêcher d'intervenir :

– Bon sang, Picard, si vous avez un doute sur la qualité du portrait-robot, il faut le faire vérifier !...

Il m'interrompt aussitôt :

– Mais c'est ce que j'ai fait, patron ! J'ai revu les voisins de Mme Lapierre. Ils l'ont longuement regardé et m'ont confirmé qu'il est tout à fait ressemblant. Le mari a même précisé qu'après plusieurs jours il a bien pris le temps d'y réfléchir et qu'il n'y a aucun doute : il représente bien la personne qui venait chez sa voisine.

La juge prend le relais :

– Avez-vous quelque chose à ajouter ?

– Oui. Je veux juste préciser que j'ai eu les collègues pour Scotto et Carpentier. Ils sont hors de cause. Leurs alibis ont été vérifiés sur toutes les coutures. C'est du béton !

– Je me doutais bien que ça finirait ainsi. C'est à vous, commandant ! Pouvez-vous nous indiquer les résultats de l'enquête de proximité ?

– Bien sûr. Mme Christiane Paoli était âgée de cinquante-sept ans. Elle s'est installée à Juan-les-Pins voilà six ans, à la suite de sa séparation. Elle vivait auparavant dans l'Est, à Strasbourg, avec son ex-mari qui est un professeur de chirurgie réputé. Elle lui était très attachée et n'a pas supporté qu'il la trompe avec une de ses étudiantes, qu'il a d'ailleurs épousée depuis. Elle a donc demandé et obtenu le divorce, avec une prestation compensatoire la mettant à l'abri du besoin.

Il s'interrompt, nous regarde à tour de

rôle, sûr de son effet, ce qui ne manque pas de faire réagir la juge :

– Comment avez-vous appris tout cela aussi vite ?

– En parlant avec le patron de la pizzeria située au-dessous de son appartement. Il sait tout sur elle car elle était sa propriétaire. C'était déjà la maison de ses parents et quand elle en avait hérité, elle avait pris l'habitude d'y venir pour les vacances. Une fois seule, elle s'y était installée à l'année et c'est à ce moment qu'elle avait fait transformer le rez-de-chaussée en restaurant, pour se constituer un revenu régulier.

Il fait une pause et avale, avec une grimace, une gorgée du café qu'il n'a pas touché jusque-là. Il continue :

– Elle avait le même locataire depuis l'origine. Tony Borti. Son restaurant marche bien et elle le fréquentait régulièrement. Il dit qu'il connaît toutes ses relations, même de courte durée. Et qu'elle en avait beaucoup. Le plus souvent, elle se faisait inviter à manger chez lui par les hommes qu'elle rencontrait. Et même si les personnes se rendaient directement chez elle, il les voyait passer dans la cour, derrière ses cuisines. Vous avez constaté la disposition des lieux !

La juge Pérot l'interrompt à nouveau :

– Elle voyait donc beaucoup d'hommes ?

– Oui. Christiane Paoli – qui se faisait appeler « Cristiana » – était une belle femme, qui soignait son apparence. Esthéticienne et club de gymnastique à Antibes, matelas à l'année sur une plage privée. Depuis son divorce, elle disait qu'elle ne s'attacherait plus jamais à un homme. Mais elle en consommait pas mal et les jetait ensuite comme des Kleenex, en disant qu'ils payaient pour ce que lui avait fait son mari. Elle sortait beaucoup et multipliait les occasions de rencontre : plages, restaurants, bars ou casino, tout lui était bon.

– Avez-vous montré le portrait-robot ?

– Bien sûr. Il n'a rien dit à Tony Borti, et pas davantage à la propriétaire ou au personnel de sa plage privée. Je leur ai aussi montré les photos des deux autres victimes et de Mme Bonfils. Chou blanc !

Ces derniers mots font leur effet. Nous sommes tous silencieux. Pour ma part, déçu de voir s'envoler l'espoir de retrouver enfin notre inconnu, je m'efforce de rassembler mes idées, de trouver une autre voie d'investigation. Le psychologue finit par s'arrêter de taper sur son portable et voit converger nos regards quand la juge lui donne la parole :

– À vous, monsieur Duroc !

L'intéressé se fige dans une attitude de profonde réflexion. Il reste silencieux un moment avant d'entamer son propos :

– Si vous le voulez bien, j'aimerais repartir du travail que j'avais préparé après le deuxième crime, à un moment où nous n'avions pas la certitude d'avoir affaire au même assassin.

Il se tourne vers moi en ajoutant :

– Je dois dire que j'avais été aidé par l'excellent rapport du commissaire Dupin, qui avait eu le mérite de se livrer à une analyse rigoureuse et pertinente de la situation telle qu'elle se présentait à ce moment-là.

S'il continue comme il vient de commencer, nous allons devoir dîner sur place. Nous le regardons tous avec étonnement, et même avec une certaine ironie. Il ne s'en rend pas compte et reprend :

– Pour ma part, j'ai eu tout de suite la certitude qu'il s'agissait d'un tueur en série. Tout d'abord, en raison de la mise en scène qui est celle d'un psychopathe. Ensuite, parce que, statistiquement, la probabilité pour que deux crimes se ressemblant autant soient commis dans un délai aussi court dans deux lieux aussi proches est quasiment nulle. J'avais également éliminé l'hypothèse du « copieur », toujours en raison de la brièveté du délai ayant séparé les deux actes et eu égard à la faible quantité d'indices révélés au grand public.

Il fait une pose, comme pour laisser à ses paroles le temps de pénétrer nos esprits. Il sort une feuille de son sac et poursuit :

– Ma conclusion était à ce stade la suivante :

> La position des corps sur le ventre, le visage enfoui dans l'oreiller, est caractéristique d'un geste commis par un individu très complexé, qui, ne pouvant passer à l'acte, ne peut regarder sa victime en face car il ne peut supporter son regard. Le fait de lui lier les mains relève du même comportement. Incapable de la séduire, il ne peut pas davantage l'affronter sans qu'elle soit à sa merci, ligotée et donc hors d'état de lui résister. L'individu que nous recherchons est un homme sans doute assez jeune, à coup sûr célibataire, solitaire et inapte à nouer des rapports normaux, même sur le plan amical, avec une femme.

Cette description pourrait être celle de l'homme jeune, sans doute solitaire et renfermé puisque personne ne le connaît, qui figure sur le portrait-robot. Je suis sur le point de poser la question quand la juge intervient :

– Pouvez-vous nous dire si cette analyse se trouve infirmée ou confirmée à la suite du troisième crime et compte tenu de ce que vous avez appris aujourd'hui ?

Le psychologue prend un temps de réflexion avant de répondre :

– Je suis en mesure d'affirmer que mes déductions sont confirmées par les nouveaux éléments recueillis. Elles doivent cependant être complétées car nous sommes maintenant en possession d'éléments encore plus précis, qui nous montrent une évolution. Le tueur cache tous les visages, mais je note que ses victimes sont de plus en plus jeunes. Les liens sont de moins en moins serrés. Vous pourriez me dire que c'est parce qu'elles sont assommées. Je n'en suis pas certain. Je pense plutôt qu'il les craint de moins en moins, ce qui explique qu'il réduit, consciemment ou non, le nombre de coups qu'il leur porte. Il est de plus en plus sûr de lui et, en sodomisant la dernière victime, il s'est comporté comme l'homme qu'il ne parvient pas à devenir. Si nous n'arrivons pas à l'identifier, il va accentuer son comportement et bientôt ses victimes risquent d'être sauvagement torturées.

La juge, très attentive, pose une nouvelle question :

– Seriez-vous maintenant en mesure de définir plus précisément son profil ?

– Je pense que c'est possible. L'individu a

certainement vécu dans son enfance des événements dramatiques en liaison avec sa mère. Au départ, c'est elle qu'il a voulu châtier alors même qu'il la craignait, mais, peu à peu, il a dépassé ce stade. Il a découvert sa force et sa sexualité. J'ignore s'il a encore un comportement œdipien. L'ennui, c'est qu'il est certainement schizophrène. Il agit sans doute sous l'empire d'un délire qui le transporte en dehors du réel, comme dans une sorte de rêve, la situation lui apparaissant totalement étrangère à la réalité. Dans la vie de tous les jours, il peut très bien se conduire de manière absolument normale en apparence. C'est ce qui le rend redoutable. Et c'est aussi ce qui le rend particulièrement difficile à repérer.

Cette fois, c'est un silence lourd qui s'établit dans la pièce. Je pense que nous nous éloignons peut-être du portrait-robot, dans la mesure où l'individu qui vient d'être décrit n'est pas quelqu'un qui fréquente une femme pendant un certain temps. À cet égard, une question me tracasse et je finis par la poser :

– Pouvez-vous nous préciser comment, à votre avis, procède le tueur ? L'homme que vous venez de nous décrire est incapable d'établir des rapports normaux avec les femmes. Comment a-t-il pu connaître ses victimes ? Comment a-t-il pu se procurer leurs clés ?

Duroc est embarrassé et finit par répondre :

– Vous avez raison de soulever cette question. Je ne suis pas en mesure d'y répondre. En fait, je pense que lorsque nous aurons trouvé la réponse, nous aurons la solution de l'affaire.

Et nous voilà revenus à la case départ. L'enquête piétine lamentablement. Nous avons maintenant une description théorique de la personnalité du tueur, mais il nous manque son mode opératoire. Une série de trois crimes, qui ont de multiples points communs, sans que nous parvenions à entrevoir le moindre indice exploitable permettant au moins de définir une méthode de recherche de leur auteur.

Je suis curieux de voir comment Chloé va conclure sa réunion et de recevoir ses instructions. Maintenant qu'elle a décidé de nous diriger, il va bien falloir qu'elle assure. Pour l'instant, elle est immobile à son bureau et consulte les quelques notes qu'elle a jetées sur un papier pendant les différentes interventions. Elle a cet air sérieux qui m'a plu quand elle lisait mes rapports. Il me plaît toujours autant. Au bout d'une assez longue attente, elle finit par se décider :

– Bon ! Il ne nous reste plus qu'à tirer les leçons de tout ça. Au point où nous en sommes, nous ne parviendrons à quelque chose que si nous savons faire le tri entre ce qui est certain et ce que nous supposons. Nous avons trois certitudes : premièrement, nous avons affaire à un tueur en série ; deuxièmement, il s'agit d'un maniaque sexuel ; troisièmement, il se procure les clés de ses victimes. Et nous avons trois hypothèses : premièrement, c'est un schizophrène ; deuxièmement, il est introverti ; troisièmement, il est bloqué dans sa relation aux femmes.

Elle fait une pause, paraît réfléchir, puis continue :

– Les deux premières vont ensemble : « *serial* et maniaque » colle avec « schizo et introverti ». Par contre, comme cela a déjà été souligné, le blocage à l'égard des femmes est incompatible avec le fait de les amener à confier leurs clés. Nous devons donc impérativement trouver le mode opératoire qui permet au tueur d'obtenir ce résultat. En pratique, nous n'avons plus trois affaires, mais une seule à résoudre : trouver le meurtrier. D'abord, parce que les médias se déchaînent à juste titre. Mais, surtout, parce que si nous le laissons libre, il va récidiver. Si j'en crois le professeur Duroc, nous allons vers des agressions dirigées vers des femmes de plus en plus jeunes. Et nous allons vers des viols et des tortures. La situation risque de devenir insoutenable.

Elle se tourne vers moi comme pour demander mon avis. Je n'ai pas grand-chose à ajouter. Je trouve même que sa synthèse est remarquable. Je ne vais quand même pas le lui dire ! Par contre, il manque le plan de bataille et je lui pose la question :

– Comment voyez-vous la suite de l'enquête ?

Elle ne paraît pas prise au dépourvu et enchaîne aussitôt :

– Nous allons commencer par procéder à une diffusion aussi large que possible du portrait-robot : presse, télé, tous les médias doivent l'afficher. Officiellement, il s'agit de la recherche d'un témoin. Nous garantirons la plus grande discrétion et la confidentialité des informations reçues... Commissaire, êtes-vous d'accord pour que je transmette vos coordonnées à l'intention des informateurs éventuels ?

– Certainement. Mais nous risquons une avalanche d'appels. Il faut un filtre. Je vous indiquerai le numéro à donner. Je vais mobiliser deux lieutenants qui se relaieront. Je sais déjà lesquels. Soyez rassurée, ils sauront gérer avec le tact nécessaire.

– Voilà un point de réglé. Par ailleurs, il faut enquêter rapidement au club de sport de la dernière victime, et aussi chez son esthéticienne. Je pense que le capitaine Picard pourrait s'en charger.

L'intéressé approuve de la tête. La juge poursuit :

– Je voudrais également que l'on continue les recherches autour de son domicile. N'oublions pas qu'il se situe à proximité de la Pinède, qui est justement l'endroit où nous perdons la piste des deux autres victimes. On ne m'enlèvera pas de l'esprit que la Pinède constitue un lieu important, un point de convergence des trois affaires. Il peut s'agir d'un lieu de rencontre, du domicile du tueur ou de tout autre chose du même genre. Je pense que le commandant Mussard est tout indiqué pour ce travail.

Elle fait une pause, reprend son souffle et ajoute :

– Si personne n'a d'objection, nous allons nous arrêter là. Ah, j'oubliais ! J'insiste pour que, à aucun moment, quelles que soient les circonstances ou l'interlocuteur, vous ne fassiez état de ce que nous redoutons si la série continue. L'affaire fait déjà assez de bruit. Inutile de faire souffler un vent de panique. Rendez-vous ici demain à dix-huit heures !

Nous nous levons et partons sans un mot,

à l'exception de notre psy, qui juge bon de préciser qu'il ne viendra pas à moins qu'il n'y ait un nouveau cadavre... ce qui provoque des rires nerveux.

Au moment où je vais m'éclipser, Chloé fait un geste discret pour me retenir. Je sors un court instant, le temps de dire à mes adjoints de ne pas m'attendre, puis je regagne son cabinet. Le greffier vient de partir. Nous sommes seuls. Elle est assise à son bureau et me fait signe de m'installer en face d'elle. Elle est un peu gênée, mais finit par me dire :

– J'ai beaucoup apprécié votre attitude pendant la réunion. Je sais que ce n'est pas facile pour vous. Ce que j'essaie de faire, c'est juste de donner un nouveau souffle à l'enquête.

Elle me regarde fixement, d'un air assez solennel.

– Vous n'êtes pas en cause, commissaire. J'ai une totale confiance en vous et croyez bien que dès que nous tiendrons à nouveau une piste concrète, je serai heureuse de vous rendre les rênes.

Je n'aime pas que l'on ait des états d'âme quand on travaille. Pourtant, j'apprécie ses propos. Je dois admettre qu'elle vient de prononcer exactement les mots que j'avais besoin d'entendre. Et puis je dois bien admettre qu'elle a parfaitement conduit la réunion. Je le lui dis :

– J'ai beaucoup aimé la manière dont vous avez mené les choses. En définitive, je crois que vous feriez un bon flic !

Elle hésite un très court instant, puis éclate de rire, et je me joins à elle de bon cœur. Nous avons besoin de décompresser. Quand elle reprend son souffle, elle me renvoie la balle :

– Venant de vous, commissaire, je considère que c'est un beau compliment.

Elle se détend et je me demande si elle va se laisser aller à s'étirer devant moi. Elle se ressaisit et dit :

– Ouf ! Je suis crevée.

– Moi aussi, madame la juge. J'ai besoin de décompresser un peu avant de reprendre le collier. Je compte aller boire une bière. Accepteriez-vous de vous joindre à moi ?

– J'aimerais bien, mais le procureur m'attend. Je dois l'informer...

– C'est à vous de décider s'il peut ou non attendre un peu plus.

Elle sourit.

– Finalement, vous avez raison. J'accepte votre invitation.

Nous sortons du bureau ensemble. Au moment de quitter le palais, nous croisons le greffier qui la regarde, éberlué, l'air réprobateur.

Je suis aussi étonné que lui. C'est la première fois que je marche près d'elle dans la rue et l'impression n'est pas désagréable. Il ne faudrait pas que cela devienne une habitude...

12

Les sourcils sont froncés derrière les grosses lunettes. La voix se fait plus ferme, plus autoritaire :

– Voyons, Mikaël. Que se passe-t-il ? Pourquoi ne voulez-vous pas répondre à mes questions ?

– Ce n'est pas ça, docteur. Je veux bien parler de mon rêve, mais il est si différent...

– En quoi différent ?

– J'ai définitivement perdu ma mère. Elle n'est plus jamais là. Il y a une nouvelle femme. Elle ne m'attend même pas. Elle ne me voit pas. Elle dort.

– Vous êtes certain qu'elle dort ?

– Oui. Elle est couchée sur le lit. Elle est toute nue, sur le dos. Ses bras et ses jambes sont écartés. Je n'aime pas la voir comme ça.

– Pourquoi ?

– Parce que ma mère ne dort jamais nue. Elle met toujours une chemise de nuit.

– Comment le savez-vous ?

– Quand les hommes partent, elle va se doucher. Elle ressort toujours de la salle de bains avec une chemise de nuit.

– Très bien, Mikaël. Je vous crois. Que faites-vous ?

– Je m'approche d'elle. Elle s'est éveillée et, aussitôt, elle se met à me crier après. Elle ne crie pas longtemps. Quand j'arrive tout près d'elle, elle se calme.

– Et alors ?

– Alors je lui dis de se mettre sur le ventre comme les autres. Ensuite je monte sur le lit, mais, cette fois, j'enlève mon pantalon.

– Pourquoi ?

– Pour faire comme l'homme qui était sur ma mère. Je me mets dessus comme lui et je tape sur ses fesses avec mon ventre. Et puis je la frappe. Mais pas longtemps.

– Pourquoi pas longtemps ?

– Parce que, d'un coup, je sens mon sexe s'enfoncer. Je sens la même vibration que la dernière fois. Mais c'est très fort. Beaucoup plus fort.

– Et ensuite ?

– J'ai peur de perdre connaissance comme la dernière fois. Alors je descends du lit.

– Et après ?

– Après, il n'y a plus rien. Mon rêve est fini. Qu'en pensez-vous, docteur ? Est-ce normal ?

– Oui, Mikaël. C'est normal. Ce que vous venez de me raconter est simplement un rêve érotique. C'est très courant et les jeunes garçons en font tous. En général ça arrive plus

tôt, mais les difficultés rencontrées dans votre enfance vous en ont privé. Le récit que vous venez de faire est celui d'un acte sexuel que vous avez vécu en rêve. Vous y avez pris du plaisir, même si vous en avez eu peur. C'est très bien. Il faudra maintenant travailler ensemble pour vous permettre de vivre de telles expériences dans le monde réel. Nous en parlerons la prochaine fois.

13

Carla est assise en face de moi. Elle me sourit. Je suis en pleine forme ce matin. Je me suis levé tôt et j'ai couru longtemps, pour éliminer le stress que j'avais accumulé ces derniers jours. Je dois être le seul du groupe à avoir un tel moral, alors que nous sommes dans un véritable tunnel.

Je n'ai pas de secret, pas davantage de méthode pour cela. J'ai juste la chance d'avoir trouvé un jour sur mon chemin une femme qui sait m'apaiser. Elle n'a jamais cherché à lutter contre mon indépendance et ne se mêle pas de mes affaires. Mais quand elle me voit morose, elle entre en jeu. Tout lui est bon du moment qu'elle parvient à me remettre sur pieds.

Le plus étonnant, c'est que dans ces moments elle paraît moins portée sur le sexe. Je crois qu'un psychologue dirait qu'elle assouvit alors l'instinct de mère que toute femme porte en elle. Et il aurait certainement raison. Je sais bien, même si elle n'en parle jamais, qu'elle cache au fond d'elle-même un désir inassouvi d'enfant.

En tout cas, j'y trouve mon compte. Solitaire depuis mon divorce, j'ai la ferme intention de ne plus jamais aliéner ma liberté, quelle que soit la force de la passion que la vie peut m'offrir. Au début, j'ai passé des heures à repasser maladroitement mes chemises, alors que ma concierge m'offrait ses services à un prix raisonnable. C'était une question de principe essentielle à mes yeux : je ne voulais pas faire entrer une femme chez moi ou dépendre d'elle, même pour la vie de tous les jours.

Je crois que Carla a très bien compris cela. Elle aussi, pour d'autres raisons que j'ignore, souhaite rester indépendante. Mais l'attachement qu'elle me porte l'autorise à me secouer, ou à me câliner, lorsque j'ai du mal à assumer ma vie.

Hier soir, en arrivant, j'étais assez démoralisé. Je venais de voir mon patron et de lui rendre compte des derniers développements des affaires. Il avait adhéré sans hésitations aux décisions prises et m'avait aussitôt donné les moyens de mettre en place un filtrage intelligent des appels qui allaient résulter de la diffusion du portrait-robot. Par contre, il était très pessimiste sur le résultat que l'on pouvait en espérer. Il me l'avait dit brutalement :

– Je ne crois pas que cette débauche de

diffusion va faire sortir cette personne d'un chapeau. Avec les moyens qui ont été mis sur l'enquête, compte tenu du périmètre restreint à couvrir pour mener vos investigations sur les trois crimes, je pense que vous auriez dû le trouver. Après tout, vous n'avez que le témoignage de voisins un peu spéciaux...

– On les a vus à deux reprises et ils sont formels...

– Je sais bien, Dupin. Mais alors, où est-il, ce gars ? Pourquoi personne, absolument personne ne le connaît dans tout le quartier ? Je ne parle pas de le voir tous les jours. Je parle juste d'une seule personne se souvenant de lui pour confirmer ce témoignage. De toute manière, c'est lancé. Nous verrons bien. Pendant qu'ils diffuseront le portrait, les médias nous laisseront un peu tranquilles.

Après une telle discussion mettant en cause la seule piste encore valable, comment garder confiance ?

J'ai eu droit à un dîner exceptionnel et à une soirée si agréable que je n'ai plus pensé à mes soucis. Carla m'a aidé à relativiser :

– Tu en fais trop une affaire personnelle. Qu'est-ce que tu as à perdre dans ce dossier ? Tu es un professionnel confirmé, à l'abri d'un sacrifice sur l'autel des médias. Et puis tu n'es pas le premier flic confronté à un *serial killer*. C'est vrai qu'il a l'air doué pour vous faire courir, mais c'est vrai aussi que vous finirez fatalement par l'avoir. C'est juste une question de temps. Je suis certaine que tu fais ce qu'il faut.

Je ne lui parle jamais des affaires en cours et elle ne peut pas savoir que nous sommes au trente-sixième dessous. Ce qui est important pour moi, c'est qu'elle me témoigne cette confiance sans faille. Et c'est juste cela qui me fait du bien.

Ce matin, elle sait que je vais repartir du bon pied. Elle ne dit plus rien, juste assise près de moi à me frôler sous la table...

Je ne tarde pas à la quitter. Je roule vite, de manière à être assez tôt à la boutique pour surveiller la mise en place de la cellule téléphonique.

Quand j'arrive, les deux jeunes sont déjà là. Ils n'ont pas osé bouger quoi que ce soit en m'attendant. Je vide rapidement la table et je les installe. Il a été convenu que les appels arriveront sur ma ligne directe. Celui qui décrochera se fera passer pour moi. Première opération : noter le numéro du correspondant qui s'affiche sur l'appareil. Puis laisser parler la personne en prenant des notes. Nous savons par expérience que la quasi-totalité des appels ne servira à rien, mais tous devront être rapidement vérifiés et tout le service sera mis à contribution.

Selon mon habitude, je commence par faire du café. Les lieutenants en prennent avec moi pendant que je répète les consignes. Ils doivent se relayer de huit heures à vingt heures de manière que les communications soient reçues sans interruption. Je leur promets de rester à proximité et de toujours leur indiquer où je suis. En effet, si un appel se révèle particulièrement « chaud », il faudra que je prenne le relais sur-le-champ.

Pour l'instant, je prends ma pile de courrier et je me rends dans la pièce voisine, qui est le bureau de mes adjoints. Je vais en profiter pour déblayer la masse de papier qui s'est accumulée ces jours derniers.

Vers dix heures trente, j'émerge. Je n'ai pas terminé, mais le tri est fait et le plus urgent est traité. Je fais un tour dans la pièce voisine. C'est bien parti, comme me le dit le lieutenant auquel je m'adresse :

– Trente-deux fiches. Cinq dingues incohérents. Six qui ont reconnu notre homme à Paris, Toulouse ou Bordeaux. À faire suivre à tout hasard. Vingt et une exploitables, transmises au fur et à mesure au service pour vérification.

Il n'y a plus qu'à attendre. J'ai horreur de

ce genre de situation, où je dépends d'agissements que je ne contrôle pas. Si je reste là, je vais bientôt commencer à piaffer. Autant repartir à côté et travailler.

À onze heures quarante-cinq, il fait irruption dans mon bureau. Il me fait signe de le suivre sans faire de bruit. Son collègue est en difficulté. Je l'entends qui dit :

– Mais bien sûr que je vous crois...

Il m'aperçoit et continue :

– La meilleure preuve que je vous prends au sérieux, c'est que je vais vous passer le commissaire chargé de l'affaire en personne. Ne quittez pas...

Je prends la communication.

– Enfin ! Vous pouvez dire que vous êtes bien protégé. C'est vraiment vous qui vous occupez du portrait-robot diffusé ce matin dans le journal ?

– Oui, c'est moi.

– Je dois absolument vous voir rapidement.

– Écoutez, si vous êtes certain d'avoir identifié la personne, donnez-moi vos coordonnées et un maximum de renseignements. Je vais envoyer quelqu'un sur place tout de suite...

– Mais ce n'est pas ça du tout. En réalité, c'est moi qui suis dans le journal. Et c'est pour ça que je veux vous voir.

Je suis assez secoué. Ou il est complètement tamponné, ou alors il faut réagir vite.

– Ça change tout. Où êtes-vous ?

– À Villeneuve-Loubet.

– Si vous voulez, j'arrive tout de suite.

– Justement pas. Il ne faut pas que l'on vous voie par ici.

– Vous pouvez venir à Nice ?

– Bien sûr, mais pas tout de suite. Je dois rentrer déjeuner chez moi dans un quart d'heure. Ma femme ne doit se douter de rien. Je viendrai à quatorze heures.

Je ne peux que lui donner l'adresse du service. Dès que j'ai raccroché, je me précipite vers le commandant qui coordonne les vérifications. Je lui résume la conversation et lui demande d'agir vite :

– Le lieutenant qui a reçu l'appel recherche l'adresse. Dès que vous l'aurez, il faut organiser une planque près du domicile. On ne se fait pas voir, mais je veux qu'on ne le lâche pas une minute. Et je veux savoir tout ce qu'il fait.

– Ça tombe bien. J'ai déjà deux équipes sur place. En fait, c'est peut-être lui que nous cherchons. Il a dû nous être signalé par des voisins.

Il regarde la fiche qui vient de lui être portée, la compare à deux autres.

– C'est bien lui. Qu'est-ce qu'on fait ?

– Vous appelez vos équipes. Consignes changées. Elles font comme j'ai dit. Vous leur donnez mon numéro de portable. Exécution !

Je suis très excité. Cette fois, c'est du sérieux. J'attends la suite avec impatience. Je retourne m'isoler mais plus question de travailler. Pourvu qu'ils ne le perdent pas !

Au bout d'un moment, mon portable sonne :

– Commissaire Dupin ? C'est Monteil. Je suis sur place, à Villeneuve-Loubet. On a eu du pot. On est arrivés avant lui. Il vient de rentrer chez lui.

– C'est bien. Ne bougez pas. Il doit venir me voir à quatorze heures. Vous le filez. Tant qu'il sera sur la bonne route, inutile de m'appeler. Alertez-moi s'il va ailleurs. Autrement, faites-moi signe juste quand il s'approchera d'ici. Ne le lâchez pas jusqu'à la porte de mon bureau. Bien compris ?

– Aucun problème, commissaire.

Il n'y a plus qu'à attendre. Pas question de sortir. Je préfère rester à proximité d'un véhicule rapide. On ne sait jamais.

Je me fais porter un jambon-beurre avec une bière. Et je refais du café.

Le temps ne passe pas. J'ai mangé le plus lentement possible et j'ai fait durer mon café plus que de coutume. Rien n'y fait. Je ne cesse de regarder ma montre. Je fais un tour dans le couloir, mais je me rends compte que la manière dont je fais les cent pas ne passe pas inaperçue. Je regagne le bureau. Ce n'est pas le mien, je n'y suis pas à l'aise. Là-bas, les deux jeunes continuent à recevoir des appels. Pour le moment, il n'est pas question d'arrêter. Et si c'était un mystificateur ?

La sonnerie du portable me fait sursauter.

– C'est Monteil, commissaire. Tout va bien. Nous sommes sur le bord de mer. On roule mal, mais nous approchons de Nice. Nous sommes au droit de l'aéroport. Je pense que nous ne tarderons plus à arriver.

– C'est bon. Inutile de rappeler. Je ne bouge pas. Je vous attends. Au fait, mon bureau est occupé. Je suis chez Picard et Mussard.

– Je vois. Pas de problème.

Je regarde le tableau de liège fixé au mur devant moi. Mes adjoints y ont fixé les photos des trois victimes et le portrait-robot. Je les scrute avec attention.

J'ai laissé la porte entrouverte. Je les entends bientôt arriver. Dès que l'homme entre dans la pièce, je suis frappé par sa ressemblance avec le portrait reconstitué. Monteil est entré avec lui et précise :

– J'ai préféré prendre M. Molinari en charge dès qu'il a garé sa voiture, pour gagner du temps.

L'intéressé sourit en disant :

– J'aurais dû me douter que j'étais filé !

Je lui serre la main.

– Asseyez-vous. Vous pouvez rester, Monteil.

L'homme assis en face de moi a environ trente-cinq ans. Bien bâti, très bronzé, il est du genre maître nageur. Ses traits sont réguliers, c'est incontestablement un bel homme. Sous un costume gris très léger, il porte une chemise jaune sans cravate, largement ouverte sur sa poitrine. Il a une grosse chaîne d'or autour du cou, avec une grosse médaille. Montre en or au poignet gauche et lourde gourmette à droite. Pas très distingué, mais il doit plaire aux femmes. La première idée qui me vient à l'esprit est qu'il n'a rien du solitaire refoulé décrit par le psychologue. Je lui demande :

– Vous savez pourquoi nous vous recherchons, monsieur Molinari ?

– Je m'en doute bien, commissaire.

Il a repéré le portrait accroché au mur derrière lui. Il me le désigne avec son pouce :

– Comme vous le voyez, c'est bien moi !

Son accent méridional très appuyé serait plaisant en temps normal. Mais, vu les circonstances, il m'agace carrément, ainsi d'ailleurs que son aplomb. J'essaie de le déstabiliser :

– Vous êtes recherché en qualité de témoin dans une affaire de meurtre. Connaissiez-vous Mme Claudia Lapierre, domiciliée à Juan-les-Pins ?

– Oui, je la connaissais. J'avais une liaison avec elle. Quand j'ai vu dans le journal qu'elle avait été tuée, j'ai eu peur d'être mêlé à l'enquête. Vous comprenez ? Je suis marié et si ma femme l'apprend, elle va me quitter. Je la connais bien. Je sais qu'elle ne me le pardonnera pas.

– Vous auriez pu vous manifester. Nous savons être discrets quand il le faut.

– Vous me le dites maintenant, mais moi, j'ai toujours pensé que dans une affaire comme celle-là, on ne peut pas échapper aux interrogatoires de toute la famille. Ma seule motivation était de ménager ma femme. La preuve, c'est que dès que j'ai su que j'allais être repéré, je vous ai appelé.

– Avouez que c'est un peu facile. Aviez-vous les clés de son appartement ?

– Oui, commissaire, et d'ailleurs je vous les ai rapportées.

Il met la main à sa poche, dépose un trousseau de clés sur mon bureau et ajoute aussitôt :

– Je pense que maintenant vous allez me demander ce que je faisais le jour où elle est morte. J'ai un alibi : j'étais à un séminaire à Mandelieu.

– Quel séminaire ?

– Je suis commercial dans une société antiboise, la Sirène bleue, qui vend des piscines. Le grand patron nous avait réunis pour deux jours. Nous étions logés sur place. Ce soir-là, après dîner, nous sommes tous allés jouer au casino. Même le patron était avec nous. Vous pouvez vérifier, commissaire.

– C'est ce que nous allons faire. Mais, auparavant, j'aimerais que vous nous disiez depuis quand vous connaissiez la victime et comment vous l'avez rencontrée.

– C'est très simple, commissaire. J'étais allé me baigner à Juan, sur la plage publique. Claudia est venue poser sa serviette à côté de la mienne. C'est elle qui a lié conversation. Il faut croire que je lui plaisais. Le soir même nous avons fait l'amour.

– Vous êtes allé chez elle dès le premier jour ?

– Non, pas chez elle. La première fois, nous sommes allés faire un tour, et ça s'est passé... dans ma voiture.

– Et ensuite ?

– Elle m'a donné son téléphone et je l'ai

rappelée. Nous nous sommes revus. Elle voulait bien que j'aille chez elle, mais il fallait toujours que je l'avertisse avant et que je sois discret. C'est pour ça qu'elle m'a donné des clés. Pour éviter de sonner ou d'arriver ensemble.

– Et vous n'avez pas été étonné de cette attitude de la part d'une femme seule ?

– Pas du tout. En fait, elle m'a expliqué qu'il y avait un autre homme dans sa vie. Il était important pour elle. Moi, elle ne m'a jamais caché que c'était pour le sexe. Remarquez, ça m'arrangeait bien. Moi aussi, je voulais de la discrétion et je ne voulais pas non plus m'attacher.

– Cette situation durait depuis longtemps ?

– Non. Trois mois environ. Mais si elle n'était pas morte, je pense que nous nous verrions toujours. Vous savez, commissaire, sauf le respect qu'on doit à une morte, Claudia était vraiment un bon coup.

Il y a des témoins auxquels il faut arracher chaque mot. Et puis il y a ceux, comme lui, qui sont intarissables et finissent par répondre à des questions qu'on ne leur a pas encore posées. Ce qui est certain, c'est qu'il est en train de démolir notre dernière piste. Je m'adresse à Monteil :

– Prenez les renseignements nécessaires

pour contrôler l'alibi de M. Molinari. Je dois donner un coup de fil. Je reviens aussitôt après.

Je gagne mon bureau et j'appelle le boss sur sa ligne directe. Je lui résume ce qui vient de se passer et lui fais part de mes intentions :

– Je fais vérifier son alibi immédiatement. En attendant, je ne dis rien à la juge. Je lui donnerai l'information quand elle sera contrôlée. De toute manière, je dois être au palais à dix-huit heures. Par contre, j'arrête tout de suite le dispositif de réponse téléphonique. Je renvoie la ligne sur le standard pour arrêter le cirque et nous rappelons tous les hommes partis en vérification.

– Que faites-vous du témoin ?

– Je le garde jusqu'à ce que son alibi soit confirmé.

– C'est bon, Dupin. Je vous avais bien dit que vous partiez dans un mur...

– Excusez-moi, patron, mais je dois vous quitter...

– C'est ça, Dupin... c'est ça... Vous pouvez disposer.

Question susceptibilité des collaborateurs, on ne peut pas dire qu'il fait dans la dentelle. Dans le style « le chef a toujours raison », c'est assez réussi.

Je rejoins la pièce où je suis attendu. Je m'adresse d'abord à Molinari :

– Vous serez libre dès que la vérification de vos dires sera achevée.

– Je comprends, commissaire. Mais pour ma femme ? Vous ne pourriez pas envoyer quelqu'un chez moi, avec une histoire qui me dédouane ?

– Nous ne pratiquons pas ce type d'intervention. Par contre, si vous avez dit la vérité, nous ferons savoir à tous les médias que la diffusion du portrait était une erreur et que la personne qu'il représente n'est pas concernée par l'affaire.

Il se lève et me serre chaleureusement la main.

– Merci, commissaire ! Vous me sauvez la mise. Vous ne pouvez pas savoir comme je suis soulagé.

Au moment où il sort, je retiens Monteil, à qui je demande discrètement de le faire surveiller, puis j'ajoute :

– Tant que vous serez à Antibes, faites donc un saut à Juan et essayez les clés sur les portes de l'immeuble et de l'appartement. Quand vous serez fixé, appelez-moi sur mon portable. Je ne peux pas attendre ici, j'ai une réunion.

14

Nous venons de nous installer dans le cabinet de Chloé Pérot. La table supplémentaire est toujours là. Nous occupons les mêmes places et le greffier nous porte les mêmes gobelets fumants. Comme prévu, la place du psychologue reste vide. Je ne peux que m'en réjouir : c'est signe qu'il n'y a pas eu de nouveau cadavre.

Je n'ai pas de nouvelles de Monteil. J'espère que nous n'avons pas commis d'erreur. Et si j'avais fait trop vite confiance à ce type ? La dernière fois, Albert Duroc nous a expliqué que l'homme que nous recherchons peut agir dans un délire et oublier ensuite ses actes. Et si Molinari était l'assassin ? Il peut très bien, s'il correspond au profil qui nous a été proposé, être complètement dingue sans que ce soit décelable dans la vie de tous les jours.

La juge commence par moi :

– Commissaire, où en sommes-nous avec la diffusion du portrait ?

C'est justement ce que je craignais. Finalement, j'aurais mieux fait d'attendre d'avoir des nouvelles, quitte à arriver en retard. Au lieu de cela, je suis obligé de botter en touche :

– Madame la juge, il est possible que j'aie du nouveau. J'attends d'une minute à l'autre un coup de fil de confirmation. Si vous en êtes d'accord, je propose de n'intervenir qu'après.

– Très bien ! Dans ce cas, je demande au capitaine Picard de nous faire part du résultat de ses recherches.

– Comme vous l'aviez demandé, j'ai enquêté à Antibes. Je suis allé chez l'esthéticienne. Elle la connaissait bien. Elle a eu un drôle de choc. Elle ignorait que sa cliente était morte, et quand je lui ai dit de quelle façon, elle s'est effondrée. C'est une personne qui travaille tard et n'écoute pas les infos. Elle avait bien entendu ses clientes parler d'assassinats, mais sans réaliser qu'elle connaissait une des victimes. J'ai fini par la faire parler, mais elle n'apporte rien. Je lui ai montré le portrait. Elle ne connaît pas l'homme qui y est représenté. Elle ne se souvient même pas d'avoir vu Cristiana en compagnie masculine. Elle est toujours arrivée seule chez elle.

Comme d'habitude, il dilue l'information. La juge commence à s'agiter. Elle le pousse à enchaîner :

– Et le club de gym ?

– Là, c'est différent. Ils étaient tous au courant, moniteurs et clients présents. C'est un bel établissement, très bien équipé, qui doit être assez cher. Les clients sont des gens aisés. Cristiana y rencontrait beaucoup d'hommes. Elle arrivait aussi à l'occasion avec son copain du moment. J'ai montré le portrait, que personne n'a reconnu. Même résultat pour les photos.

Je commence à trouver le temps long. Il me tarde d'avoir des nouvelles. Compte tenu de ce que je sais, le rapport de Picard est dépassé. Heureusement que mon client ne fréquentait pas les mêmes lieux que Mme Paoli. Cela remettrait en cause la position que j'ai adoptée à son égard.

La juge ne cache pas sa déception :

– Si j'ai bien compris, vous n'avez rien trouvé. Nous voilà bien avancés. Je suppose que le commandant Mussard en est toujours au même point ?

L'intéressé fait une drôle de tête. Il finit par se maîtriser, mais je sais que nous venons de frôler l'incident. Il est très susceptible et l'ironie n'est pas la bonne manière avec lui. Sa réponse est très courte :

– Vous avez raison, madame la juge. Je n'ai rien de nouveau.

L'atmosphère est électrique. Je me

demande comment ça va finir. C'est à ce moment que mon téléphone sonne.

– Monteil, commissaire ! Je vous appelle comme convenu. L'alibi est en béton. Nous nous sommes déplacés à trois. Nous avons les témoignages signés du patron de la boîte et de deux collègues. Le type est absolument hors de cause. Il a même un alibi pour Paoli.

– C'est bon, mais pensez à le confirmer par un prélèvement ADN. Et les clés ?

– Ah oui. J'ai failli oublier. Je suis passé les essayer. Pas de problème, ce sont bien celles de l'immeuble et de l'appartement. Qu'est-ce que j'en fais ?

– Mettez-les sous scellés. On ne sait jamais. Nous pourrions être conduits à chercher où elles ont été fabriquées.

– Vous voulez que je m'en occupe ?

– Pas pour l'instant. Contentez-vous de libérer Molinari comme prévu, sans oublier de lui faire signer sa déposition. Merci, Monteil ! C'est du bon boulot !

Il me plaît bien, ce commandant. Disponible, efficace et concis. Je travaillerais volontiers avec lui une autre fois si l'occasion se présentait.

En attendant, je fais face à quatre paires d'yeux qui me fixent dans un silence complet. Je m'adresse à la juge :

– C'est l'appel que j'attendais. L'homme

dont nous avons diffusé le portrait est hors de cause.

Elle est incrédule et me regarde d'un drôle d'air.

– Vous pouvez nous dire ce que ça signifie, commissaire ?

– En fait, cet homme était bien l'amant de Claudia Lapierre. À sa mort, il a choisi de se faire oublier pour éviter que sa femme soit informée de sa trahison. Quand il a vu son portrait dans la presse, il a compris qu'il était repéré. Il est venu me voir de lui-même. Il m'a même rendu les clés de l'appartement.

– Quand l'avez-vous vu ?

– En début d'après-midi.

Cette fois, elle ne se contrôle plus. Elle s'adresse à moi en criant, d'une voix aiguë que je ne lui connaissais pas :

– Et vous ne pouviez pas le dire plus tôt ! Vous vous fichez de nous voir patauger. Ça vous est égal d'entendre votre adjoint nous raconter comment il a montré le portrait un peu partout à Antibes. Expliquez-moi : je ne comprends pas !

– Votre étonnement est légitime, madame la juge. J'ai hésité à taire la nouvelle. Mais tant que l'alibi n'était pas vérifié, il était impossible de conclure. Et puis j'ai conservé un doute jusqu'au bout. J'ai été convaincu sur le moment, mais ensuite j'ai craint de m'être laissé avoir par un psychopathe. Et si j'ai laissé parler Picard, c'est parce que si un témoin avait reconnu mon type, le doute aurait primé l'alibi et je l'aurais mis en garde à vue... avec votre accord, madame la juge.

Elle paraît calmée, mais je sais que je l'ai déçue. Préférant rompre et sauver la face, elle reprend un ton très professionnel :

– Cela ne vous empêchait pas de m'en parler en particulier. Mais vous ne changerez jamais ! J'en prends mon parti.

– Je suis désolé, madame la juge.

– Moi aussi, je suis désolée. Cette affaire me prend beaucoup de temps et nous n'avons même pas une piste. J'ai le procureur sur le dos deux fois par jour et je n'en dors plus. Je lui ai même demandé de m'en décharger. C'est la première fois de ma carrière que je fais une telle demande et il a refusé !

Elle doit être au bout du rouleau pour nous raconter sa vie. Il va falloir la ménager un peu plus. Mais pourquoi a-t-elle voulu s'impliquer autant ? Elle aurait pu nous laisser faire notre boulot et se contenter de lire mes rapports au procureur.

Elle continue :

– Compte tenu des circonstances, je ne vois rien à ajouter. Je ne puis que vous inciter à mieux faire votre travail de policier. Mettez en œuvre tous les moyens dont vous disposez et continuez à interroger tous les habitants de Juan-les-Pins jusqu'à ce qu'il en sorte quelque chose. Vous savez mieux que moi que c'est la seule et unique méthode : fouiner jusqu'à ce qu'un élément nouveau apparaisse. C'est une affaire pourrie, mais nous ne pourrons pas la classer car nous savons que tôt ou tard il y aura une récidive.

Elle s'assoit à son bureau et ajoute :

– Merci ! La réunion est terminée. Nous nous reverrons quand vous aurez trouvé quelque chose.

Nous sortons. Elle s'est déjà ostensiblement plongée dans un dossier. Le greffier reste assis. Lui aussi a l'air très occupé d'un seul coup. Comme conclusion, c'est assez brutal, En tout cas, moins sympa que la dernière fois. J'avais raison de penser qu'il ne fallait pas s'habituer à prendre un pot ensemble...

Dans le couloir, Mussard nous quitte. Il affirme qu'il doit rejoindre ses gars sur le terrain.

Je pense qu'en réalité il est vexé. Il peut même avoir caché une information par simple réaction à la manière dont il a été interpellé. Il faudra que je le voie sans tarder.

Je me retrouve en tête à tête avec Picard qui prend un air grave pour me dire :

– Patron, il faut que je vous parle. J'ai quelque chose d'important à vous dire.

– Allez-y, Picard. C'est quoi ?

– Pas ici, patron, plus discrètement.

– D'accord. Allons boire un coup. Il n'y a presque personne à cette heure-ci. Nous serons tranquilles.

Pendant que nous montons vers le centre-ville, je me demande ce qu'il va m'annoncer. J'ai eu ma dose aujourd'hui. Je n'ai pas besoin d'un supplément.

Dès que nous sommes assis, il attaque :

– Voilà ! J'ai peut-être trouvé une piste. Je me suis souvenu de ce que vous nous aviez dit avant la première réunion chez la juge. Alors je n'ai rien dit devant elle. Et maintenant que j'ai vu comment elle a réagi aujourd'hui à une cachotterie, j'ai peur de vous mettre en difficulté.

– N'ayez pas peur, Picard. Dites-moi plutôt de quoi il s'agit.

– L'autre jour, chez la juge, à propos de Cristiana, Mussard a parlé du casino. Je n'ai pas réagi sur le moment, mais quelque chose me tracassait. À force de chercher, je me suis souvenu que chez Clotilde Marnier j'avais vu quelques jetons dans la cuisine, dans un cendrier. Je me suis dit que c'était un point commun entre deux victimes qui pouvait être exploité.

– Mais bien sûr, Picard. C'est même une bonne idée qu'il faut exploiter tout de suite...

– C'est-à-dire que... vous comprenez, patron, je n'ai pas attendu de vous en parler. J'ai pris les photos des victimes et celle de la copine de Marseille et je suis allé au casino.

– Et alors ?

– Alors j'ai vu un responsable et il m'a fait rencontrer plusieurs employés. En fait, ils les connaissent toutes. Elles allaient toutes les quatre jouer régulièrement, mais pas ensemble, sauf Marnier et Bonfils qu'ils ont immédiatement associées...

– Mais c'est énorme, ça. Vous en êtes sûr ?

– Certain, patron ! Ils ont été plusieurs à les reconnaître, surtout Mme Marnier. Celle-là, ils ne sont pas près de l'oublier. Elle leur a fait un scandale il y a quelque temps. Elle prétendait qu'on lui avait volé ses clés alors qu'elle les avait laissées tomber entre deux machines. Et il s'agit bien d'elle. Un garçon de salle m'a précisé qu'il avait eu du mal à s'expliquer avec elle, ajoutant : « Elle est sourde comme un pot. »

Je suis abasourdi. Voilà qu'avec son air de ne pas y toucher Picard vient de trouver un point commun entre les victimes. Ce que nous cherchons tous en vain depuis le début.

C'est trop beau. Ne nous emballons pas. J'ai un réflexe de prudence :

– À qui avez-vous parlé de ça ?

– À personne.

– Même pas à Mussard ?

– Non. Je n'ai pas eu le temps. Il est parti trop vite. Je comptais bien l'associer à notre conversation.

– Voici ce que nous allons faire : vous allez continuer l'enquête de routine. Je prends personnellement en main cette histoire de casino. Vous ne dites toujours rien à Mussard. Le moment venu, je prendrai tout sur moi. Je m'expliquerai avec lui et j'assumerai avec la juge. Mais il faut d'abord creuser un peu plus cette histoire.

J'espère qu'il ne va pas être déçu de se voir retirer l'enquête. En fait, il est soulagé et le dit :

– J'aime autant cette solution, patron.

Il se lève et se dirige vers la porte. Au dernier moment, il se retourne et ajoute :

– Vous me direz si cela donne quelque chose ?

– Bien sûr, Picard. Vous serez le premier informé.

Je suis très excité en repartant pour Juan. Je roule vite, respirant à pleins poumons, jusqu'au moment où je trouve des bouchons. Dès lors, je modère mon ardeur et consacre toute mon attention à me faufiler entre les voitures.

Je vais directement retrouver Carla. Nous dînons ensemble, assis sur la banquette. Elle colle sa cuisse contre la mienne, comme elle aime le faire. Au bout d'un moment, je mets la main sous la table et je touche ses genoux. Elle ne dit rien, se lève et je la suis. Nous faisons passionnément l'amour. Puis nous restons allongés côte à côte.

Au bout d'un moment, je me laisse aller. Après la journée détestable que j'ai eue, les révélations de Picard m'ont mis du baume au cœur. J'ai envie de partager mon espoir et je me mets à raconter :

– Tu sais, aujourd'hui, j'ai touché le fond. L'enquête piétine et toutes les pistes sont des impasses. C'est très dur. Je suis en situation d'échec. Ça s'est mal passé chez la juge d'instruction. On s'est tous fait engueuler et c'est normal. Et puis, tout d'un coup, voilà que j'ai une nouvelle piste, un nouvel espoir.

Elle ne réagit pas, ne bouge pas et ne dit rien. Mais je sais qu'elle m'écoute. Je ne lui ai jamais parlé en détail de mon boulot, et elle est assez intuitive pour comprendre que si je le fais, c'est important pour moi. Je poursuis :

– C'est Picard qui a eu une idée qui s'est vérifiée. Il a trouvé un point commun : les victimes jouaient toutes au casino. Tu comprends, c'est le seul endroit où elles ont pu se rencontrer, ou rencontrer l'assassin. Jusqu'ici nous avons interrogé des milliers de personnes sans qu'une seule les ait associées.

Je me tais et repasse dans ma tête ce que je viens de dire. Il manque quelque chose. Quoi ? Carla ne bouge toujours pas. Elle respire régulièrement, mais je sais qu'elle ne dort pas. Je complète mes propos, autant pour moi que pour elle. Ce ne serait pas la première fois que le fait d'exprimer une situation à haute voix ferait jaillir la lumière.

– Nous sommes certains qu'il s'agit bien d'elles. Au casino, plusieurs personnes les ont formellement reconnues. Surtout l'une d'elles qui croyait avoir perdu ses clés.

Je suis tracassé par ce détail. Les clés – copiées, perdues, volées ou prêtées – sont aussi un point commun puisque le tueur est toujours entré sans effraction

– Comment peut-on laisser tomber ses clés entre deux machines ?

Je me rends compte que j'ai de nouveau parlé à haute voix. Carla a tressailli contre moi. Pour la première fois, elle s'exprime :

– Tout simplement en se rendant à la caisse.

– Que veux-tu dire ?

– Tu n'es jamais allé dans un casino ?

– Jamais, pourquoi ?

– Quand un joueur a besoin de se procurer des jetons et désire garder sa machine, la coutume veut qu'il laisse ses clés sur le monnayeur. C'est connu. Personne ne prend sa place.

– Mais il risque de se les faire voler ?

– Je ne sais pas. Je n'ai jamais pensé au vol. Moi, je ne le fais pas mais je t'assure que c'est très courant.

– Il faudra que j'aille voir cela.

– Allons-y tout de suite.

– Comment « tout de suite » ?

– C'est facile. On s'habille et on y va. Et tu seras fixé immédiatement.

Nous rions en nous serrant très fort, avant de nous lever. Vite prêts, nous voilà partis.

J'ai menti quand j'ai dit n'être jamais allé au casino. J'agis souvent ainsi. C'est un réflexe de métier : ne pas savoir, c'est inciter l'autre à parler. La vérité, c'est que je ne prends aucun plaisir au jeu. Je n'ai donc jamais prêté de véritable attention à ce type d'établissements.

Arrivés dans la salle des bandits-manchots, nous observons les joueurs. Carla me montre bientôt une machine inoccupée. Une clé est insérée dans la fente où l'on glisse les jetons. Les autres pendent devant. Un jeune homme portant un pot de pièces revient s'asseoir. Il décroche le trousseau et le dépose devant lui, dans le compartiment où tombent les gains.

Au bout d'un moment, Carla commence à s'agiter.

– Ça ne te gêne pas que j'aille jouer un peu ?

Je ne savais pas qu'elle était joueuse. Elle part bientôt vers la caisse. Je continue à tourner dans la salle. Effectivement, les clés abandonnées ne sont pas rares. Certains joueurs déposent en partant un pot retourné sur la machine. Ils ne sont pas les plus nombreux. Comme me l'a expliqué Carla, la coutume est bien de laisser ses clés.

Professionnellement, je n'ai jamais entendu parler de vols de clés au casino. Pourtant, j'ai du mal à croire qu'un tel comportement soit sans risques. Je décide d'aller plus loin. Je repère un cadre de l'établissement. Bien vêtu, il circule lentement entre les joueurs. Il tient à la main un gros trousseau de clés et un téléphone portable. Je vais vers lui et me fais connaître. Dès qu'il voit ma carte, il me demande d'être discret et me conduit dans un coin isolé.

– Excusez-moi, commissaire, mais je préfère qu'on ne vous identifie pas. Ce n'est pas bon pour la clientèle.

– Ne vous inquiétez pas, je suis ici à titre

officieux. J'essaie juste de comprendre une histoire de clés volées...

– Encore !

– Comment cela, « encore » ?

– Commissaire, depuis des années que je travaille ici, nous n'avons jamais eu le moindre ennui. Et voici que depuis quelque temps nous avons eu plusieurs incidents.

– Ce n'est pas étonnant avec toutes ces personnes qui les laissent sans surveillance sur les machines...

– Mais ce n'est pas nouveau ! Ça s'est toujours fait et il n'y a jamais eu de difficultés. Remarquez, commissaire, ce ne sont pas de vrais problèmes. Dans tous les cas, nous finissons par retrouver les clés.

– Comment l'expliquez-vous ?

– Ce sont des personnes qui se trompent de machine. Comme elles mettent trop de temps à revenir, un autre joueur finit par s'impatienter. Il balance le trousseau dans un coin et s'installe.

– Dans ce cas, pourquoi n'y a-t-il pas eu d'incident jusqu'à ces derniers temps ?

– Vous savez bien que les mentalités évoluent. Les gens ne respectent plus rien. Aux heures de pointe, certains n'attendent même plus. Ils enlèvent les clés et s'installent. Les habitués le savent. Ils font surveiller la machine par un voisin de jeu.

– Je vous remercie pour ces détails. Je ne vais pas vous déranger plus longtemps.

– Mais vous n'avez pas eu de plainte concernant notre établissement ?

– Non. Rien. Je me renseigne juste.

Il s'éloigne, mi-figue, mi-raisin. Je ne suis pas certain de l'avoir convaincu. Il se méfie et je sais qu'il va me garder à l'œil.

Je me dirige vers le bar, où je commande une coupe de champagne. J'essaie de rassembler mes idées. C'est difficile car l'ambiance est bruyante. On entend sans arrêt le bruit des pièces qui tombent dans les bacs de réception. Je suppose que les machines sont conçues pour faire ce bruit, qui doit faire baver les joueurs.

Certains font tomber leurs gains au fur et à mesure, et c'est ce qui crée ce bruit permanent. D'autres enregistrent leurs profits et ne font tomber les pièces que lorsqu'ils en ont beaucoup. Cela donne un bruit plus long, plus continu, qui attire l'attention. Enfin, il y a ceux qui gagnent un jackpot. Une lumière se met à clignoter et un employé vient constater la réalité du gain dont le montant sera payé à la caisse. Cela provoque en général un attroupement d'envieux...

Les explications qui m'ont été données sont claires. Il n'en demeure pas moins que les disparitions récentes peuvent avoir une autre signification. Je cherche une explication et, brusquement, j'en trouve une : et si quelqu'un les empruntait pour en faire des empreintes permettant de les reproduire ? Je dois revoir mon interlocuteur. J'ai une question complémentaire...

Je pars à sa recherche. Il n'est pas loin. Je lui demande :

– Les cas de pertes de clés que vous avez évoqués concernaient des hommes ou des femmes ?

Il réfléchit un bon moment avant de répondre :

– Maintenant que vous posez la question, je réalise que c'étaient toujours des femmes.

Je le remercie et le quitte avant qu'il ait pu ajouter un mot. Je pars à la recherche de Carla. Elle vient justement vers moi et me dit en riant :

– Ouf ! C'est fini. Une fois de plus je suis plumée ! Et toi ?

Pendant que nous quittons le casino, je lui raconte ce que je viens d'apprendre. Nous décidons de ne pas rentrer tout de suite et marchons côte à côte lentement. Bientôt nous sommes sur la promenade du Soleil, pratiquement déserte à cette heure. J'entends le bruit des petites vagues qui viennent se briser sur le sable. Au loin, sur la droite, scintillent les lumières de Cannes.

Carla est silencieuse depuis un moment. Elle s'arrête brusquement et me fait face. Elle est tout contre moi quand elle me dit :

– Tu sais, Gilles, je crois que tu as raison. Il ne faut pas que tu laisses tomber cette histoire de casino.

– C'est ce que je pense aussi. Dès demain, je vais mettre quelque chose en place.

Je la raccompagne jusqu'à sa porte. Nous nous embrassons longuement, comme des gamins amoureux. C'est très agréable... Je me détache d'elle et rentre chez moi.

15

Je suis en train de terminer mon petit déjeuner. Carla n'a pas reparlé de notre conversation de la veille. Je sais qu'elle préfère que ce soit moi qui le fasse. Je me décide :

– J'ai repensé à ce que tu as dit hier soir.

– À propos du casino ?

– Oui. Tu m'as dit de ne pas laisser tomber cette piste. Tu as raison, je vais monter quelque chose. Il faut que j'en parle à mes adjoints.

J'appelle d'abord Picard. Il est encore chez lui. J'entends crier sa gamine :

– Je suis allé au casino hier soir. J'ai observé comment les choses se passent. Vous saviez que les joueurs laissent souvent leurs clés sur les machines ?

– Non, patron.

– Moi non plus. C'est assez étonnant. L'idée m'est venue qu'une personne mal intentionnée pouvait les piquer, le temps de prendre une empreinte.

– Vous pensez à celles de Mme Marnier, perdues et retrouvées ?

– Bien vu ! J'ai décidé de faire observer de

près ce qui s'y passe, à tout hasard. Il va falloir y consacrer plusieurs soirées. Je compte y mettre Mussard, sauf si vous tenez à être sur le coup...

– Vous savez bien, patron, que j'ai des difficultés à me libérer le soir. S'il est d'accord, je préfère que ce soit lui.

– Entendu, Picard. Ce sera l'occasion de le mettre au courant.

– Oui, c'est mieux comme ça. Merci de m'avoir appelé. Je suis content que ce soit une bonne piste.

– Pas trop vite. Attendons les résultats.

Il ne me reste plus qu'à appeler son collègue. Il est en route pour Juan. Je lui demande de me rejoindre au bar.

Il arrive peu de temps après. Carla lui demande s'il a déjeuné.

– Pas vraiment. Juste un café.

– Je m'en occupe.

Pendant qu'il mange ses tartines, je le mets au courant. Je désamorce sa réaction en expliquant que c'est moi qui ai demandé à Picard de ne pas lui en parler. C'est d'autant plus plausible que je lui indique aussitôt ce que je me propose de faire. Il continue à manger. Je le trouve incroyable : rien ne l'émeut. Quand il a avalé sa dernière bouchée, il essuie soigneusement sa bouche et me dit :

– C'est une bonne idée qu'il a eue là, Picard. Il reste sur le coup ?

– Non. Il va falloir y aller le soir et il préfère que ce soit vous, si vous êtes d'accord.

– Aucun problème, patron. Je vous propose de m'y mettre avec deux lieutenants. On commence ce soir.

– Parfait, je compte sur vous.

Il se lève déjà et, soudain, s'immobilise et me regarde. Il constate :

– Cette fois, ça pourrait bien bouger. Je pense que le boss doit être content...

– Il n'est pas au courant.

– Et la juge ?

– Non plus.

– Je vois. C'est notre botte secrète ! Compris, patron. Je connais bien les lieutenants que je vais mettre sur le coup. Je vais les mettre au parfum et je vous garantis leur discrétion.

Après son départ, je prends la route pour Nice. Je roule lentement, en passant en revue les événements de la veille. Chloé a fait fort quand elle nous a demandé de mieux effectuer notre boulot. Elle a profité du moment où j'étais déstabilisé par cette histoire de portrait-robot. Finalement, j'aurais peut-être dû réagir. Il ne faudrait pas qu'elle prenne l'habitude de nous parler de cette manière quand elle est furieuse.

Par contre, j'apprécie qu'elle ait décidé de ne pas nous revoir avant qu'il y ait du nouveau. Je sais qu'elle l'a dit pour nous vexer, mais cela nous évitera des déplacements stériles et des réunions inutiles.

Le patron non plus n'a pas été sympa hier. C'est bien beau d'enfoncer le clou quand on a raison, mais ce n'est pas une attitude vraiment positive. J'aurais préféré qu'il ait une idée à me souffler...

Finalement, j'aurais pu facilement avoir le dernier mot, et avec tous les deux ! Je n'avais qu'à parler du casino. Tant pis, je préfère avoir gardé profil bas et disposer à leur insu de cet atout. Je crois, plus que jamais, que nous avons tort de faire remonter trop vite l'information. Nous leur avons donné trop tôt nos pistes, ils se sont fait des idées et, quand elles se sont révélées fausses, ils nous ont engueulés.

Dorénavant, j'attendrai d'avoir de vrais indices pour les communiquer. De cette manière, nous ne serons plus injustement en situation d'échec. Je continue à rouler tranquillement, plongé dans mes pensées, jusqu'à ce que je sente le téléphone vibrer dans ma poche. Je m'arrête aussitôt et je décroche.

– Dupin ?

– Oui, patron.

Je suis surpris de cet appel direct. D'habitude, il passe par sa secrétaire. En plus, il a sa voix des mauvais jours :

– Qu'est-ce que vous foutez ce matin ? Vous êtes injoignable !

– Je suis sur la route.

– Où ça ?

Cette fois, j'en ai assez d'être traité comme un moins que rien et je me rebiffe :

– Sur le terrain. Eh oui ! Figurez-vous que c'est encore comme ça qu'on finit par avancer. Je ne reste pas dans un bureau. J'essaie de sortir de l'impasse. Si vous avez une meilleure idée...

– J'en ai une ! Tournez donc votre moto vers Juan-les-Pins et foncez avenue de l'Estérel. Vous avez rendez-vous avec votre quatrième victime.

Je n'ai pas le temps d'ajouter un mot. Il a déjà raccroché. Je pars rapidement en sens inverse. C'est vrai que j'étais difficile à joindre. Je réalise que mon téléphone, réglé sur le vibreur, est resté dans la poche de mon blouson, suspendu près de la porte, pendant mon déjeuner. Il aurait pu appeler Mussard, qui m'aurait fait prévenir par Mario. Et puis je n'aime pas la manière dont il a parlé de « ma » quatrième victime. C'est une expression qui sent le lâchage...

L'adresse est facile à trouver : gyrophares

et bande plastique délimitant le périmètre de sécurité sont bien en place. C'est une résidence sans originalité. La porte est grande ouverte et, sur les indications d'un policier, je monte les marches quatre à quatre jusqu'au deuxième étage. En entrant dans l'appartement, je bute littéralement sur la juge. Je n'ai pas le temps de la saluer, c'est elle qui attaque :

– Ce n'est pas trop tôt ! J'ai bien cru qu'on ne vous trouverait jamais.

Je préfère ne pas répondre. Elle reprend :

– Le procureur voulait vous voir, mais il a perdu patience. Il est parti...

Je ne réponds toujours pas. Ce n'est pas le moment de polémiquer. Voyant que je repère les lieux, elle pense que je cherche quelqu'un et me dit aussitôt :

– Le légiste vient également de partir. Le commissaire Renard aussi. Il avait une autre urgence, mais a promis de contacter vos adjoints.

Et elle ajoute ironiquement :

– Le corps est encore là...

J'avance dans le couloir. Je passe devant la porte du séjour. La suivante donne dans une petite chambre dont la porte-fenêtre est largement ouverte. Sur la gauche, j'aperçois les deux grands battants d'un placard. Aucun meuble dans la pièce, exception faite d'une table de chevet en verre fumé et d'un lit bas sur lequel repose un corps. Une femme qui paraît assez jeune, environ quarante ans. Elle est entièrement nue, couchée sur le dos, bras et jambes écartés. Elle a été étranglée. Une cordelette est encore serrée autour de son cou, enfoncée dans les chairs. Son visage est horrible. Ses yeux paraissent sortis des orbites et sa langue, enflée, dépasse hideusement entre ses lèvres. Son regard, figé dans la mort, reflète encore l'horreur de ses derniers instants.

Il y a quelque chose qui ne colle pas. Rien ne correspond à la mise en scène des précédents crimes. Ni la position du corps, ni la manière de tuer. Seul point commun : la présence de cette cordelette, mais, cette fois, elle n'est pas serrée autour des poignets.

Je repars dans l'entrée. La juge m'attend en compagnie de mes adjoints qui viennent d'arriver. Elle a dû leur faire une remarque désagréable. Picard a son air sombre et Mussard ne tient pas en place. Il est furax, sur le point de la planter là et de s'en aller. Mon arrivée calme le jeu.

Elle prend la parole :

– Comme n'importe qui peut le voir, cette femme a été étranglée avec une cordelette. Le légiste pense qu'elle s'est défendue et a été violée. Son rapport sera plus précis après l'autopsie. Elle présente aussi des hématomes qui laissent supposer qu'elle a été agressée hors de la chambre, sans doute dans le couloir, et traînée jusqu'au lit pendant qu'elle se débattait. L'équipe technique, qui a relevé des traces sur le mur et la porte, partage cette analyse, qui devra également être confirmée. Cette fois encore, pas la moindre trace d'effraction sur la porte d'entrée. Des questions ?

Je demande :

– Connaît-on son identité et savez-vous qui l'a découverte ?

– Il s'agit de Céline Lambert, âgée de quarante-deux ans. Elle a été trouvée par le gardien de l'immeuble. C'est lui qui a appelé le commissariat.

– Autre question ?

Personne ne répond. Elle enchaîne aussitôt :

– Bien. Je dois partir, j'ai une audience.

Elle se tourne vers moi.

– Commissaire, je vous laisse le soin de lancer l'enquête selon les modalités habituelles.

Et à la cantonade :

– Réunion demain après-midi à quatorze heures dans mon cabinet. Bon courage, messieurs !

Et la voilà partie. Mussard sort de son mutisme :

– Il va falloir faire quelque chose, patron. Si elle continue à m'engueuler comme ça, je ne vais plus me contrôler et ça va mal finir. Cette bonne femme ne se sent plus...

– Pas comme ça, Mussard ! D'accord avec la première partie, mais pour la suite c'est « madame la juge », pas « cette bonne femme ». Cela dit, ce n'est pas le moment de se crisper. Moi non plus, je n'aime pas le ton qu'elle adopte. Seulement, il y a du pain sur la planche et le meilleur moyen de lui damer le pion serait encore de trouver quelque chose.

Ils ont l'air de se calmer et je continue :

– Je propose que vous vous partagiez le secteur pour l'enquête de proximité. C'est toujours le même, les gens vous connaissent et ça devrait aller vite. Je me charge personnellement du concierge. Rendez-vous chez moi demain à onze heures trente. Je commanderai des pizzas et nous ferons le point avant d'aller à Grasse.

Mussard hésite un peu, puis me demande :

– Pour ce soir, au casino, ça tient toujours ?

– Plus que jamais. C'est peut-être par là que nous allons reprendre l'avantage.

Picard danse d'un pied sur l'autre et finit par dire :

– Justement. J'aimerais bien qu'on trouve quelque chose qui lui cloue le bec. Alors, si vous êtes d'accord, patron, ce soir j'irai planquer avec Mussard.

– Vous savez bien que je suis d'accord. J'espère beaucoup de cette piste, moi aussi, mais restons prudents. Vous savez, c'est surtout pour ça que nous devons faire le point, entre nous, demain matin. À cet égard, n'oubliez pas de montrer la photo de Mme Lambert au casino ! Et maintenant, au boulot !

Ils se dirigent vers l'escalier. Pendant que nous parlions, le corps a été enlevé. Il ne reste plus que deux ou trois techniciens qui continuent à circuler en observant le moindre détail et en faisant des prélèvements. Je vais pouvoir observer un peu mieux les lieux.

L'entrée d'abord, puisque j'y suis. Un grand placard semblable à tous les autres. C'est vraiment le point commun entre tous les appartements. Deux portes, une tringle, le tableau électrique et le disjoncteur. Quelques étagères. Presque pas de linge. Des sandales d'été sont posées sur le sol.

Je retourne à la chambre. Le chevet est une simple tablette sur pieds, sans aucun rangement. J'ouvre les deux grandes portes. L'intérieur est un dressing, très bien agencé, avec une partie penderie revêtue de placage et une série de tiroirs anglais de vastes dimensions. Beaucoup de linge. Je passe en revue tous les vêtements suspendus. Ce sont essentiellement des habits d'été, avec toutefois quelques imperméables et coupe-vent. J'explore toutes les poches. Elles sont vides. Les tiroirs contiennent du linge de corps solide, classique, de belle qualité, pour homme et femme. Tout est impeccable, en parfait état. Deux valises posées sur l'étagère haute attirent mon regard.

La plus grande est vide. L'autre est une de ces valises à roulettes de taille moyenne, très répandues et très pratiques. Elle est pleine et je l'emporte dans le séjour. Je la pose sur la table avant de l'ouvrir. Elle contient un dossier soigneusement fermé avec un élastique, un sachet renfermant des boîtes de médicaments entamées, ainsi qu'un parapluie plié dans sa gaine.

Les médicaments sont sans intérêt, tous connus, dits « de confort » et délivrés sans ordonnance. C'est la panoplie type que l'on emporte en voyage pour parer à toute éventualité.

Le dossier contient des papiers officiels rangés avec soin. État civil qui confirme les indications fournies par la juge, factures et relevés de banque. Là encore, le dossier type que prend une personne sérieuse et prévoyante quand elle se déplace.

Je range tout dans la valise, que je remets à sa place avant d'explorer la salle de séjour. Elle comporte peu de meubles. Une table en verre fumé sur pieds chromés et quatre chaises assorties. Contre le mur du fond, un grand rayonnage assorti. Il est constitué de quatre grosses barres en aluminium, fixées entre sol et plafond, qui supportent des tablettes en verre et deux espaces de rangement garnis de portes. Presque rien dessus, exception faite d'un vase et de deux cendriers. Derrière les portes vitrées, quelques verres et des tasses.

De l'autre côté de la pièce, devant la porte-fenêtre qui mène au balcon, un canapé transformable recouvert de tissu aux couleurs vives et deux fauteuils en rotin. Au milieu, un guéridon et, dans l'angle, un meuble télé. Tous deux, bien entendu, en verre fumé sur des piétements chromés. Le poste est d'un modèle récent.

À côté se trouve la cuisine. Elle est petite mais très fonctionnelle. Parfaitement équipée : aucun appareil ménager n'y fait défaut et les placards intégrés contiennent les ustensiles et la vaisselle nécessaires. Le balcon, très long, est accessible de la cuisine, du séjour ou de la chambre. À gauche, une armoire métallique contient les produits d'entretien. Au centre, un mobilier de jardin en plastique blanc. Tout autour, il est fermé par un double vitrage monté sur des châssis coulissants en aluminium. Ce n'est pas superflu. Pas de vue sur mer ici. Au premier plan, un espace vert parfaitement entretenu et bien fleuri. Plus loin, la voie ferrée, dont le bruit justifie la pose du vitrage insonorisant.

Je vais au fond du couloir. Droit devant, des WC sans rangement, comportant seulement une étagère sur laquelle se trouve la réserve de papier. À droite, en face de celle de la chambre, s'ouvre la porte de la salle de bains. Bien éclairée, elle comporte une grande baignoire assortie à des sanitaires de couleur jaune. Pas d'armoire, le seul emplacement disponible est occupé par un lave-linge. Le lavabo, en forme d'auge, est posé sur un support qui contient un espace de rangement pour les serviettes de toilette.

Je fais un nouveau tour, rapide, de l'appartement. Tous les sols sont en marbre. Les revêtements muraux sont unis, de couleur claire. L'ensemble – décor et mobilier – représente le type même de l'appartement de vacances neutre, peu encombré, facile à entretenir et dans lequel on trouve tout ce qui est nécessaire à un séjour momentané. Il ne comporte rien de personnel et ne servira à rien pour l'enquête.

Reste le sac à main posé sur la table. Il n'y a plus grand-chose à l'intérieur. J'ai vu partir pour le labo des sachets transparents contenant téléphone portable, matériel de maquillage ou pièces officielles. Mussard a prélevé la carte d'identité. Ce qui reste ne présente aucun intérêt.

Je descends par l'escalier. Arrivé dans l'entrée, je pense à vérifier le mode d'ouverture de la porte. C'est exactement comme chez Claudia Lapierre : un code et la possibilité de se servir d'une clé. Un homme s'approche et se présente :

– Marcel Roch. Je suis le gardien de l'immeuble.

Je me retourne. L'homme qui est devant moi est grand et bien planté. Campé sur ses jambes légèrement écartées, il donne une impression de calme et de solidité. Il me fixe dans les yeux. Son regard est franc.

– Commissaire Dupin.

– Vous n'êtes pas d'Antibes ?

– Non. Je suis de la PJ.

Je pense que ça va suffire comme présentations. Je passe aux choses sérieuses :

– Le code est en service nuit et jour ?

– Non. Seulement de vingt heures à huit

heures. Dans la journée, ma femme ou moi sommes présents pratiquement tout le temps, et ça évite de donner le code aux livreurs. Le soir, quand c'est verrouillé, je fais une petite ronde pour m'assurer que nous n'avons pas enfermé un intrus.

– Vous êtes particulièrement attentif à la sécurité.

– C'est une déformation professionnelle, commissaire. Je suis un ancien gendarme !

Je comprends mieux son comportement et je sais qu'auprès de lui je vais recueillir des renseignements sûrs. Pour en finir avec les questions matérielles, je l'interroge sur la cave et le parking. Il me conduit immédiatement au sous-sol. L'emplacement pour la voiture est vide. À proximité, de minuscules caves qui ressemblent à des placards. Il me montre celle des Lambert. Elle est vide. Ils n'ont même pas pris la peine de mettre un cadenas sur la porte.

Quand nous remontons, il me propose d'entrer dans la loge. Sa femme s'avance, juste le temps de me saluer et de déposer d'office sur la table la bouteille de pastis. Je crois habile de ne pas protester et de faire exception à ma règle de conduite : une fois n'est pas coutume. Il nous sert, nous trinquons et je lui pose la question :

– Quand et comment l'avez-vous trouvée ?

– Ce matin, à huit heures trente environ. J'ai vu arriver un facteur qui cherchait Mme Lambert pour lui remettre un Chronopost. Je lui ai indiqué l'étage. Il est redescendu au bout d'un moment en me disant qu'elle n'était pas là. J'ai répondu que c'était impossible et je suis monté avec lui. La sonnette ne fonctionnant pas, j'ai tapé à la porte de plus en plus fort. Au bout d'un moment, je me suis inquiété car je savais qu'elle était arrivée la veille. Je suis descendu chercher le double des clés, je suis entré. L'appartement était sombre. J'ai réalisé que l'électricité était coupée et j'ai actionné le disjoncteur. Vous savez la suite.

– Et le facteur ?

– Je ne l'ai pas revu. Il n'est pas entré avec moi. Quand je suis ressorti, je lui ai dit qu'il y avait un problème. Il a dû se douter de quelque chose. Il a disparu avec son pli.

– Vous dites qu'elle est arrivée hier ?

– Oui. Elle est arrivée en début d'après-midi par le TGV. Nous avons bavardé un moment. Elle n'allait pas bien car elle venait de quitter son mari. Elle a fait des courses et a passé la soirée chez elle. Puis elle est sortie vers vingt-deux heures.

– Elle est revenue à quelle heure ?

– Je ne sais pas. Je ne l'ai pas vue revenir.

– Et ça lui arrivait souvent ?

– Oui. Elle aimait bien se balader ou faire un tour au casino.

Bingo ! J'espère que cette information sera confirmée. Je commence à me dire que cette piste est la bonne. En attendant, je dois continuer :

– Son mari est loin ?

– À Paris. Si c'est pour l'alibi, je peux vous dire qu'il y était ce matin. Sans connaître l'heure de la mort, en sachant qu'elle est rentrée tard, il doit être hors de cause. Je l'ai joint à neuf heures sur un téléphone fixe. Il arrive dès que possible par TGV. Il m'a dit qu'il viendrait directement ici.

– Quand il sera là, demandez-lui de m'attendre et alertez-moi.

Je lui donne une carte sur laquelle j'inscris mon numéro de portable et je lui demande une dernière précision :

– Inutile de vous demander si vous avez entendu quelque chose ?

– Nous n'avons rien entendu en bas. J'ai aussi fait mon enquête dans les étages. Personne n'a rien entendu.

– Bien. Je vais vous laisser en vous remerciant...

– Je peux vous poser une question ?

– Bien sûr.

– Vous pensez que c'est le tueur en série ?

– Il faut attendre le rapport du labo. Ce

n'est pas aussi net que les fois précédentes. Je ne peux pas en dire plus.

– Merci, commissaire. Un autre verre ?

– Non, merci. J'ai beaucoup à faire. Au revoir !

Je pense que c'est le témoin idéal. Rien ne paraît manquer dans ses déclarations. Et surtout, pour la première fois, un témoin parle du casino...

Normalement, ce détail devrait figurer dans mon rapport et parvenir à mon patron et au Parquet. Comment vont-ils réagir ?

Je peux aussi le négliger pour l'instant. Après tout, le gardien n'a pas insisté et si Picard n'avait pas ouvert la piste, je n'y aurais peut-être même pas prêté attention. C'est ce que je vais faire : n'en parler à personne avant de savoir sur quoi nous déboucherons. Si c'est encore une fausse piste, inutile d'exciter à nouveau tout le monde pour se faire ensuite critiquer.

Je pars déjeuner chez Carla. J'ai envie d'une bonne coupure. Je fais un repas copieux, bien arrosé, en prenant tout mon temps. Je traîne en buvant mon café et je lis longuement le journal. Peu à peu, le bruit diminue autour de moi, pendant que la salle se vide. Enfin, Carla vient s'asseoir près de moi.

Comme chaque fois, elle s'arrange pour

que sa cuisse frôle la mienne et, comme toujours, ce contact me brûle la peau. Elle le sait très bien et moi aussi. Mais c'est toujours aussi magique. Elle se penche vers moi et demande tout doucement :

– Tu es très occupé cet après-midi ?

– Pas vraiment. Rien qui ne puisse attendre.

– J'aimerais te garder un peu...

Elle se lève, va dire quelques mots à Mario et monte à l'appartement. Je la suis.

C'est une femme incroyable et je me demande souvent où elle puise son énergie. Je sais qu'elle s'est levée tôt et n'a pas arrêté de travailler depuis. Pourtant, quand elle vient vers moi après une douche rapide, elle est déchaînée et je pense que bien des épouses ne mettraient pas le dixième de son application à rendre leur homme heureux, alors même qu'elles auraient été oisives toute la matinée.

Elle m'entraîne dans un tourbillon de caresses et de baisers, uniquement attentive à mon plaisir, et je me laisse submerger par la vague qui m'emporte. Dès que je reprends mon souffle, je me consacre à elle. Je l'embrasse à mon tour. Je sais les gestes qu'elle aime et les baisers qui la font frémir, jusqu'au moment où elle vibre et libère les cris rauques que je connais bien. Nous retombons alors côte à côte et sombrons dans le sommeil.

Il me semble que le téléphone sonne depuis un bon moment quand je finis par émerger. Un bref coup d'œil à ma montre me fait réaliser qu'il est déjà dix-sept heures. Je décroche.

– Commissaire ? C'est Roch.

– Je vous écoute.

– J'appelle comme convenu pour vous dire que M. Lambert est arrivé. Je lui ai passé votre message. Il vous fait dire qu'il ne bougera pas d'ici jusqu'à votre arrivée.

– Merci, monsieur Roch. Je serai là dans dix minutes.

Carla s'étire à côté de moi. Elle me regarde amoureusement et me tend les bras. Dès que je suis contre elle, elle me murmure à l'oreille :

– Ne pars pas déjà. Tu m'as rendue si heureuse. J'ai envie de te garder contre moi.

Je me détache lentement avant de répondre :

– J'aimerais rester, mais tu as entendu le téléphone. Je dois rencontrer un témoin le plus tôt possible.

– Dommage, mon chéri. Nous étions si bien...

Elle m'enlace à nouveau. Je sens son odeur

et ses mains qui commencent à bouger dans mon dos. Cette fois, je ne dis plus rien. Je m'arrache d'un coup, je saute dans mes vêtements et je fonce vers la porte. Elle me regarde m'éloigner sans rien dire.

Quand je traverse l'entrée, Roch est à son poste et me fait signe de le rejoindre. Il me dit à voix basse :

– Il est chez moi. Vous comprenez, avec les scellés, il ne peut plus accéder à son appartement.

Il me fait entrer dans le bureau, puis me pousse dans l'appartement. Un homme se lève à mon arrivée et me dit :

– Je sais qui vous êtes, commissaire. Je suis Stéphane Lambert.

Et il me tend la main. Nous sommes dans une minuscule salle à manger. Roch reprend la parole :

– Je vous laisse. Vous ne serez pas dérangés. Ma femme est sortie. Désirez-vous boire quelque chose ?

– Rien, merci, monsieur Roch.

Il sort de la pièce et ferme soigneusement la porte. Je regarde Lambert. Il porte un beau costume gris clair, avec une chemise gris foncé et une cravate mauve. L'ensemble est élégant et tout à fait à la mode. Mais le col de chemise n'est plus net et la veste a des faux plis. Il paraît bien avoir sauté dans le premier TGV sans avoir eu la possibilité de se changer. Il s'est assis et reste inerte à me regarder d'un air las. Je ne sais pas comment l'aborder. Je penche finalement pour la douceur :

– Monsieur Lambert, je vous prie d'accepter mes condoléances pour la mort de votre femme. J'imagine votre état d'esprit et je sais que vous souhaiteriez avoir la paix. Mais je suppose que vous comprenez aussi que les circonstances de son décès imposent une enquête et je vous remercie d'avoir accepté de répondre à mes questions.

Il n'a pas de réaction, ne manifeste rien, se contente d'approuver d'un signe de tête. Je continue :

– Où étiez-vous hier soir ?

– Chez moi, avenue de Choisy, à Paris.

– À quelle heure êtes-vous arrivé chez vous ?

– Vers vingt et une heures.

– Vous étiez seul ?

– Bien sûr, puisque ma femme était ici !

– Quelle est votre profession ?

– Je suis vendeur de voitures dans un grand garage.

– Où est-il situé ?

– À un quart d'heure de chez moi.

– Vous en arriviez directement ?

– Non. J'ai quitté mon travail à dix-neuf heures trente.

En voilà un qui répond sans broder. Cette fois, il va falloir être patient et n'oublier aucune question car il ne dira rien de lui-même.

– Qu'avez-vous fait pendant une heure et demie ?

– Je suis allé poster une lettre. À cette heure-là, le seul bureau ouvert est celui de la rue du Louvre. Le temps d'y aller, de me garer, de faire la queue et de revenir...

– C'est curieux d'avoir attendu aussi tard. En sortant un instant dans l'après-midi, je suppose que vous auriez évité un tel trajet, vous ne croyez pas ?

– Je vais vous expliquer, commissaire. Depuis quelque temps, avec ma femme, les choses se dégradaient. Hier, quand je suis entré pour déjeuner, elle n'était plus là. J'ai trouvé une lettre dans laquelle elle me disait qu'elle voulait divorcer et qu'elle partait pour Juan-les-Pins. Je m'y attendais, mais pas si brusquement. Dans l'après-midi, j'ai appelé un client, qui est avocat. Il m'a conseillé de lui adresser tout de suite une lettre lui demandant de réintégrer le domicile conjugal. Le temps que je la prépare, la Poste était fermée et je suis allé mettre mon Chronopost rue du Louvre.

– Vous avez la lettre de votre femme sur vous ?

– Non. Je l'ai laissée à Paris. Mais je ne l'ai pas détruite, vous pourrez la voir.

D'un seul coup, il semble se requinquer et commence à s'animer :

– J'ai l'impression que vous me soupçonnez. Vous vous trompez, commissaire. Entre les collègues que j'ai quittés à dix-neuf heures trente, le reçu de la Poste, le coup de fil de Roch ce matin et mon voyage en train, il me sera facile de prouver que je ne pouvais pas être ici cette nuit.

Je me rends compte qu'il a raison. Mais il doit comprendre que mes questions étaient indispensables.

– Je vous crois volontiers, monsieur Lambert, mais vous conviendrez que j'avais besoin de vos réponses pour cela. Vous m'avez dit que votre ménage battait de l'aile. Pouvez-vous être plus précis ? Est-ce que votre femme vous trompait ?

– Mais non, pas du tout. Elle ne me trompait pas, moi non plus, et nous le savions tous les deux. Depuis plusieurs années, Céline était désespérée de ne pas pouvoir avoir d'enfant et reportait son affection sur moi de manière excessive. De mon côté, je voyais arriver dans ma boîte de jeunes loups qui voulaient prendre ma place. Pour la garder, je devais réaliser les objectifs de vente fixés par la direction : toujours plus de ventes et donc d'heures de travail et de fatigue.

Il reprend un instant son souffle avant de poursuivre :

– Je suis rentré de plus en plus tard, de plus en plus crevé, et j'ai négligé ma femme au moment où elle avait le plus besoin de moi. Elle n'a pas compris. Elle me disait que nous pouvions avoir moins d'argent, que ça lui était égal. Elle ne pouvait pas savoir que c'était mon emploi qui était en cause, pas le montant de mon salaire.

En disant cela, il a les larmes aux yeux. Cet homme paraît sincère et son alibi est évident. Il faudra néanmoins aller vérifier auprès de ses collègues et récupérer le Chronopost. Pour l'instant, il faut le laisser tranquille. Il a un deuil dramatique à faire. Je décide de le rassurer :

– Pour moi, vous êtes hors de cause, monsieur Lambert. Ne vous inquiétez pas. Je vais vous laisser maintenant.

– Commissaire, est-ce que je peux la voir ?

– Je pense que ce sera difficile. Elle a déjà été identifiée par M. Roch. Écoutez, je vais demander à un de mes adjoints de se renseigner et de vous conduire à la morgue dès que ce sera possible. Où serez-vous ?

– Il y a un petit hôtel à côté. Je vais vous donner mon numéro de portable.

Il me remet une carte professionnelle en ajoutant :

– Je vous remercie sincèrement. J'ai apprécié de vous rencontrer ici, sans aller dans un commissariat.

Je le quitte. Roch va aussitôt le rejoindre. C'est un brave type et je suis certain qu'il ne le laissera pas tomber.

16

Comme toujours, mes adjoints arrivent à l'heure prévue : nous sommes en fin de matinée, juste avant le repas. Pourtant, ils vont droit à la cafetière. Je ne sais pas si c'est une habitude ou un vice. Le résultat est le même. Heureusement que je ne l'ai pas éteinte.

C'est la deuxième fois que nous nous réunissons avant de retrouver la juge. Il ne faudrait pas que ça se sache, surtout maintenant que nous cachons une information. C'est ce qui m'a incité à les recevoir chez moi à cette heure-ci. Nous pourrons toujours dire que nous avons déjeuné ensemble.

Je dois néanmoins fixer avec soin les règles du jeu :

– Nous sommes ici pour parler du casino. De rien d'autre, et surtout pas des informations que nous serons amenés à donner à Grasse cet après-midi. Nous maintenons notre cap : jouer le jeu sans réserve, sauf pour notre piste perso. Bien compris ?

Ils approuvent du bonnet. Mussard ricane :

– Nous gardons pour nous la botte secrète.

– C'est bien ça ! Je vois que vous avez tout compris. À ce propos, si vous me disiez comment ça s'est passé ?

C'est Picard qui répond :

– Bonne surprise, patron ! Les gens du casino connaissent bien Céline Lambert et ils l'ont vue hier soir. Elle a joué assez tard, puis est restée un bon moment au bar avant de partir. Selon mon contact, il était au moins deux heures du matin.

– Excellent ça, Picard ! Et pour la planque ?

C'est Mussard qui répond :

– Comme prévu, j'ai mis deux lieutenants sur le coup. Vous les connaissez : Cathy Evrart et Frédéric Maubland.

Je les connais en effet.

Evrart est une jeune femme étonnante. Lorsqu'elle est arrivée dans le service, je me suis posé des questions car elle ne semblait pas avoir le physique de l'emploi. Grande, un peu forte des hanches, elle paraît peu sportive. Elle a de longs cheveux, tirés de chaque côté du visage et noués sur la nuque, qui pendent en queue de cheval dans son dos. Ses yeux clairs, très ouverts sous des paupières fardées en bleu, lui font un regard innocent. Ses lèvres charnues, qu'elle ne maquille jamais, lui donnent un air boudeur. Son visage allongé, un peu pâle, accentue une impression générale de fragilité qui cadre mal avec le boulot de flic.

Pourtant, au fil des mois, elle s'est révélée excellente sur le terrain et, contre toute attente, a souvent devancé ses collègues masculins quand il a fallu rattraper et bloquer un suspect. De plus, elle dégaine vite et aux séances de tir elle obtient la plupart du temps les meilleurs résultats de son groupe. Elle est maintenant respectée de tous, et les collègues machos qui se moquaient d'elle au début en sont venus à l'admirer et même à essayer de la séduire.

Frédéric Maubland, plus ancien qu'elle, est très différent. Il fait partie de ces surdiplômés qui sont arrivés dans la police faute de mieux, parce qu'ils ne trouvaient pas d'autre débouché et ont été reçus à un concours. Très sûr de lui avec son « bac plus cinq », il a eu du mal à s'adapter. Surpris au début par les rôles peu valorisants qui lui étaient confiés, il a fini par en prendre son parti et c'est maintenant un bon équipier.

Il n'a pas pour autant perdu son ambition de devenir commissaire. Décidé à passer, dès qu'il y aura accès, les concours internes, il prend de l'avance en se créant une image de cadre BCBG. Alors que ses collègues optent pour des tenues souples et peu fragiles, il n'hésite pas à porter des costumes chics, de belles chemises et des cravates bien nouées. Finalement, il a imposé son style et se révèle utile pour mener à bien des filatures ou des planques dans des milieux où ses collègues se feraient repérer.

À la réflexion, le choix de Mussard est excellent : tous deux passeront inaperçus au casino, et je pense que même les agents de sécurité ne verront pas qu'ils sont flics. Reste à être sûr qu'ils sauront tenir leur langue.

– Vous leur avez bien expliqué qu'ils ne doivent en parler à personne ?

– Pas de problème, patron. C'est fait ! Fred est tout fier de la confiance qui lui est faite. Quant à Cathy, je me porte garant pour elle...

Toujours aussi sûr de lui avec les femmes...

– Qu'est-ce que ça a donné hier soir ?

– Avec Picard, nous les avons mis au courant et sommes restés avec eux pour qu'ils s'habituent.

Je parie qu'il a formé Cathy et confié Fred à son collègue. Ce dernier s'exprime à son tour :

– Avant tout, je précise que les jeunes ne savent pas ce que j'ai appris au sujet de Mme Lambert. Par contre, ils ont bien compris ce que nous cherchons à repérer. La méthode est simple. Il faut éviter de rester trop longtemps au même endroit pour ne pas attirer l'attention. J'ai remarqué que les agents de sécurité s'intéressent aux personnes trop longtemps immobiles sans jouer. Et puis, de toute manière, l'endroit est truffé de caméras et on ne peut jamais savoir si on n'est pas dans le champ de l'une d'elles.

Bien vu, Picard. Comme toujours, bon observateur et efficace. Il continue :

– Dès qu'une personne laisse ses clés sur une machine, on reste dans le coin jusqu'à son retour. Jusqu'à présent, nous n'avons rien vu de suspect, mais ça va fatalement arriver. Vous ne pouvez pas savoir, patron, le nombre de personnes qui prennent des risques. Je n'arrive pas à le croire ! Elles laissent leurs clés de voiture et d'appartement. Peut-être même celles de leur lieu de travail. C'est fou ! Nous avons vu des clés très perfectionnées qui ouvrent des serrures de grand prix. Comment peut-on dépenser autant pour faire poser des fermetures de sécurité et laisser ensuite traîner son trousseau n'importe où ?

– Il faut y retourner tous les soirs !

– Bien sûr, patron. Et même pendant la journée. Il y a tout le temps des gens qui jouent. Cathy et Fred y sont depuis l'ouverture, à dix heures. Ils sont ravis : à cette heure-là, la direction offre le petit déjeuner ! Ils restent sur place jusqu'à ce que nous allions les relever, en fin d'après-midi. Ils reviendront ensuite dans la soirée.

– Vous n'avez pas peur que ce soit trop ?

– Il n'y a pas de problème. Ils sont volontaires...

– Ce n'est pas ce que je veux dire. À demeurer tout le temps sur place, en particulier pendant les heures creuses, ils vont se faire repérer. Si nous avons vu juste, notre tueur a été assez futé, jusqu'ici, pour prendre des empreintes sans se faire piquer. On peut supposer qu'il connaît les lieux et les habitués...

– Nous y avons pensé, patron. Les lieutenants ne sont jamais ensemble et aux heures creuses ils se relaient. En plus, par moments, ils jouent...

– Comment ça, « ils jouent » ?

– Ben oui. Fred est un habitué...

Picard a l'air ennuyé. Il doit se demander s'il n'a pas trop parlé et cherche à rattraper le coup :

– Il n'y a aucun risque, patron. Il ne fréquente jamais ce casino. Et puis j'ai dit « habitué », mais il a seulement dit qu'il avait déjà joué, sans plus...

– Et la petite, elle joue aussi ?

– Elle n'a jamais joué avant, mais ça lui plaît bien.

Il commence à s'enferrer. Heureusement, on sonne à ce moment-là. C'est le livreur du restaurant.

J'ai commandé trois pizzas identiques et je sors des bouteilles d'eau minérale. Ce n'est pas le moment de leur faire boire de l'alcool. Je veux qu'ils restent calmes tout à l'heure chez la juge, même s'ils entendent des choses qui ne leur font pas plaisir.

Pendant que nous commençons à manger, j'observe Picard, qui paraît tendu. Connaissant ses habitudes, je préfère aller lui chercher une bière. Le manque pourrait aussi nous jouer un tour ! Il me remercie pendant que son collègue se sert un grand verre d'eau en rigolant.

Le repas est vite expédié et, après le café, nous partons pour Grasse.

Le décor n'a pas changé, mais l'accueil est différent. Le psychologue est déjà installé à la table, plongé dans son ordinateur. La juge est à sa place. Elle travaille et lève tout juste le nez pour répondre à notre salut. Quant au greffier, visiblement mal à l'aise, il attend les bras ballants. Il n'y a pas de café sur la table. Dans un sens, ça vaut mieux puisqu'il est imbuvable. Il n'empêche que cela révèle une attitude délibérément moins amicale. Nous nous installons.

Au bout d'un moment, Chloé se lève. Elle a une sale tête et je me demande si c'est à cause de nous ou parce qu'elle a fait la bringue. Ses yeux sont cernés et son teint est pâle. Je commence à redouter le pire.

C'est une fausse impression car elle s'adresse à nous de sa voix habituelle :

– Comme vous le savez, nous sommes confrontés à un nouveau crime. Je vous propose de procéder de la même manière que lors de notre dernière réunion.

Le greffier se lève aussitôt en disant :

– Commençons par le rapport du médecin légiste.

Et il poursuit :

L'examen du corps permet d'affirmer que Céline Lambert est morte par strangulation. L'assassin a utilisé une cordelette croisée autour du cou, serrée jusqu'à ce que mort s'ensuive.

Le cadavre présente au niveau des épaules et des bras des hématomes qui n'ont pas pu être faits sur un lit. Ils trouvent sans doute leur origine dans des chocs contre des meubles ou des murs. On peut en déduire qu'elle s'est débattue avant de mourir.

Par ailleurs, des traces de peau ont été

relevées sous les ongles, ce qui confirme que la victime s'est défendue.

Elle a en outre été violée après sa mort.

Le sperme prélevé dans le corps et les fragments de peau ont été transmis au laboratoire pour analyse.

Aucune trace de substance toxique ou de sédatif dans le sang.

Digestion en cours. La victime avait mangé des arachides et bu du champagne.

L'heure de la mort peut être fixée aux alentours de deux heures trente du matin.

La juge intervient sitôt la lecture achevée :

– Je me doute que les constatations du légiste nous interpellent. Je propose néanmoins de procéder tout de suite à la lecture des conclusions du laboratoire :

Mme Lambert est décédée par strangulation, à l'aide d'une cordelette dont l'origine n'est pas établie.

Elle ne comporte pas de nœud coulant. Elle a sans doute été lancée par-dessus la tête, puis croisée sur la gorge et serrée jusqu'à la mort. Elle était profondément enfoncée dans les chairs.

Elle est en fibre de nylon tressée, d'un type courant dans le commerce. Aucune cordelette comparable n'a été trouvée au domicile de la victime.

Des traces de peau appartenant à la victime

ont été trouvées sur les murs du couloir et sur la porte de la chambre. Il est possible d'en déduire qu'elle a été agressée dans le couloir et s'est vivement débattue avant de mourir, pendant qu'elle était entraînée vers le lit.

Le mode opératoire utilisé pour l'étrangler n'a été possible que si elle a été surprise.

L'absence d'effraction prouve que l'agresseur possédait la clé de la porte d'entrée. En outre, selon les déclarations du gardien, le courant était coupé.

Relativement peu d'empreintes ont été relevées dans l'appartement en dehors des siennes. Aucune n'existe au fichier. Aucune ne correspond à celles trouvées sur le lieu des trois précédents crimes perpétrés à Juan-les-Pins.

Même signature ADN dans les fragments de peau et le sperme. Aucun doute ne subsiste : même agresseur que dans les trois cas précédents.

Le greffier reprend sa place. Personne ne bouge, comme si chacun s'efforçait d'assimiler ce qu'il vient d'entendre, jusqu'à ce que la juge se tourne vers moi.

– Commissaire, pouvez-vous nous indiquer ce que nous apporte l'enquête de proximité ?

– J'ai d'abord interrogé le gardien de l'immeuble. Marcel Roch est un ancien gendarme qui n'a pas perdu la main. Son témoignage est clair et précis. Il a vu arriver Céline Lambert dans l'après-midi qui a précédé sa mort. Ils ont parlé un moment. Elle lui a paru triste et lui a expliqué qu'elle avait décidé de quitter définitivement son mari. Il l'a vue sortir en début de soirée. Quand il s'est couché, à vingt-trois heures, il ne l'avait pas vue revenir. Le lendemain matin, il a été alerté par un préposé qui voulait remettre un Chronopost à la victime. Lorsque ce dernier a dit qu'elle ne répondait pas, il est monté. La sonnette étant débranchée, il a cogné sur la porte et appelé. N'obtenant pas de réponse, il est descendu chercher le double des clés et a ouvert. Il a dû rétablir le courant qui était coupé, puis a trouvé le corps. Entretemps, le préposé s'est éclipsé. Il a appelé le commissariat d'Antibes et nous connaissons la suite.

Chloé fixe ses yeux sur moi sans me voir. Elle réfléchit longuement, puis me fait part de ce qui la préoccupe :

– La victime étant arrivée quelques heures auparavant, nous ne sommes pas en présence d'un crime longuement préparé. Peut-on imaginer que le meurtrier s'est caché dans l'immeuble et l'a agressée par hasard ?

– Je ne pense pas, madame la juge. Il est vrai que l'accès à la résidence est facile puisque le code n'est activé qu'à vingt heures.

Mais le gardien m'a dit que chaque soir, à cette heure-là, il fait une ronde pour s'assurer que personne ne traîne dans les sous-sols.

– Vous pensez que c'est fiable à cent pour cent ?

– Certainement pas et je suis d'accord pour exploiter cette idée, y compris pour les autres meurtres. Mais il ne faut pas oublier que notre homme avait la clé de l'appartement...

– Justement ! Il y a autre chose que je voudrais que l'on vérifie. Ne pensez-vous pas que les doubles de clés détenues par les gardiens aient pu être utilisés ou copiés ?

– J'avoue que nous avons éliminé cette possibilité. D'abord parce que les Parny comme les Roch disposent de coffres à clés qu'ils gèrent avec soin. Mais aussi parce que, concernant Lapierre et Paoli, il n'y a pas de gardiens.

– C'est juste. Avez-vous autre chose ?

– Oui. J'ai interrogé le mari, Stéphane Lambert, qui est arrivé hier après-midi par le TGV. Je dois vous dire tout de suite qu'il est hors de cause. Il a travaillé la veille jusqu'à dix-neuf heures trente et j'ai vérifié par téléphone auprès de son employeur. Et le matin, à neuf heures, il a répondu à l'appel de Roch sur un poste fixe, à Paris. Il a également envoyé à sa femme, à vingt heures trente-cinq, le Chronopost qui est arrivé le matin. Je ne l'ai pas récupéré, mais j'en ai eu confirmation. J'ajoute pour être complet qu'il détient un billet de TGV délivré par le contrôleur dans le train.

– Vous savez ce que c'est que cette histoire de Chronopost ?

– J'ai la version du mari. Quand il a trouvé chez eux une lettre disant qu'elle partait pour toujours, il a consulté un avocat qui lui a conseillé de la mettre en demeure de regagner le domicile conjugal.

– Elle avait peut-être un amant ?

– Le mari paraît certain du contraire, mais, comme chacun sait, la plupart des maris trompés n'en savent rien ! On peut imaginer qu'elle est venue retrouver un amant qui est ici. Si c'est le cas, compte tenu des conclusions du labo, son amant est notre tueur en série...

– Je suis d'avis de creuser cette idée.

– Nous allons le faire, madame la juge.

– Autre chose ?

– Je pense que nous pourrions écouter maintenant le commandant Mussard.

Je réalise que, sans même m'en rendre compte, j'ai pris la direction de la réunion.

Et elle n'a pas réagi. Ce dernier démarre aussitôt :

– Nous replongeons dans la même panade. L'enquête de proximité est facile à résumer. La victime est connue près de son domicile, mais beaucoup moins quand on s'éloigne. Elle vient principalement en été. Pas de liaison connue. Elle est toujours avec son mari. Personne ne l'a vue la veille de sa mort.

Je trouve qu'il est gonflé de dire ça. Personne ne l'a demandé et il ment. Je reconnais bien son caractère frondeur, mais il ne faudrait pas pousser le bouchon trop loin. Je préférerais un mensonge par omission !

La juge insiste :

– Il faudrait pourtant essayer de trouver où elle a passé la soirée et si elle était seule quand elle a bu du champagne.

Cette fois, il est au pied du mur. Je vois Picard qui rougit et plonge le nez dans ses notes. Mussard ne se démonte pas :

– Certainement, madame la juge. Ce sera notre priorité.

– Je vous remercie. À vous, monsieur Duroc.

J'aurais préféré qu'elle fasse un tour de table. Jusqu'ici, personne n'a donné son avis sur les importantes différences constatées par rapport aux autres crimes. Et pourtant, selon le labo, c'est bien le même tueur. J'espère que le « profileur » abordera ce point. S'il l'oublie, je ne le louperai pas.

Il a toujours l'air solennel et suffisant qu'il doit adopter devant ses étudiants et dont il ne parvient plus à se départir.

– Je voudrais tout d'abord rappeler que le tueur dont j'ai défini le profil devant vous est un être introverti, particulièrement bloqué en présence des femmes. J'avais estimé qu'il les retournait pour ne pas avoir à supporter leur regard et les attachait parce qu'il craignait qu'elles ne lui échappent. Enfin, j'avais indiqué que la progression constatée dans ses actes faisait craindre une évolution vers des pratiques de torture. Je pense que tous ces éléments restent d'actualité. Le dernier crime révèle le passage par un stade intermédiaire, après quoi le processus que j'ai décrit se déroulera inéluctablement.

Et voilà ! Monsieur-je-ne-me-trompe-jamais va sans doute nous expliquer qu'il avait raison.

– Pour un motif que nous ignorons, son agression ne s'est pas déroulée comme il l'avait prévu et il a dû improviser. Mais je note qu'il a tout fait pour conduire sa victime jusqu'au lit, qui est son terrain de prédilection. Les conditions dans lesquelles il l'a assassinée ont fait que lorsqu'elle a été allongée sur le dos, son regard était déjà mort. Elle ne le regardait plus et ne risquait plus de le faire. Dès lors, il n'a plus éprouvé le besoin de la retourner pour enfouir son visage dans l'oreiller comme les fois précédentes. Comme elle ne bougeait plus, il n'a pas non plus éprouvé le besoin de lui lier les mains et, d'ailleurs, il avait déjà utilisé la cordelette pour un autre usage.

Il fait une pause et nous regarde les uns après les autres. Au moment où ses yeux se posent sur moi, je ne peux m'empêcher de l'interpeller :

– Et le couteau ? Pourquoi n'est-il pas allé chercher un couteau dans la cuisine ?

Il n'est pas gêné par la question et continue sur sa lancée :

– J'allais y venir. C'est toujours pour la même raison. Elle est morte, ne bouge plus et il lui fait face. Il sait qu'il l'a vaincue et n'a plus besoin de la poignarder. Pour la première fois, il domine une femme et, d'ailleurs, il va avoir avec elle un rapport normal...

Chloé sursaute et demande :

– Comment cela, « un rapport normal » ?

Il comprend qu'il s'est laissé entraîner trop loin et se reprend :

– Ne déformez pas mes propos ! J'ai voulu dire « physiologiquement normal », en ce sens que pour la première fois il a introduit son sexe dans le vagin. Désormais, il a pris conscience de deux choses. Tout d'abord, il sait qu'il n'a plus à avoir peur des femmes. Ensuite, il a ressenti le plaisir de la possession amoureuse, il a assouvi un instinct que tout homme porte en lui. Je crains que cela le pousse à passer à l'acte de plus en plus souvent.

Chloé Pérot l'écoute avec une grande attention et je ne doute pas que, seule femme présente, elle ressente davantage les propos du psychologue. Elle le coupe :

– Très bien, professeur ! Nous comprenons comment les choses ont pu se passer. Et maintenant ? Comment voyez-vous la suite ?

– Notre homme va devenir de plus en plus dangereux. Comme je l'ai dit, il va multiplier les occasions. Maintenant qu'il n'a plus peur, il va tenter de passer à l'acte sur des femmes vivantes. Il va rechercher de vrais viols – si vous me passez l'expression – et malheur à celles qui vont lui résister. Il est capable de tout, et je continue à penser, comme je l'ai déjà dit, qu'il risque de torturer ses prochaines victimes.

Tout est dit, exactement comme la dernière fois. De toute manière, le professeur aura toujours raison même si les choses se passent autrement. Mais ce sont des mots, rien que des mots. À aucun moment il n'a dit quelque chose qui puisse être utile pour rechercher notre meurtrier.

Il regarde sa montre, range ses affaires et se lève en ajoutant :

– Je vous avais dit, madame la juge, que je suis attendu. Je dois donner un cours et ne puis m'attarder davantage. Veuillez m'excuser.

La juge se lève pour le saluer, puis nous rejoint et s'assoit à la place qu'il vient de quitter. Elle est secouée et le dit :

– Ses conclusions font froid dans le dos. Je ne sais plus comment orienter les recherches. Nous n'avons plus la moindre idée à suivre. Que faut-il faire ?

Je suis touché qu'elle me pose cette question. Je n'ai jamais été aussi près de lui parler de notre piste au casino car j'ai envie de la réconforter. Mais je dois m'en tenir au choix que je partage avec mes hommes. Et puis cela mettrait Mussard en porte à faux, en flagrant délit de dissimulation. Je ne peux qu'ajouter :

– La seule chose à faire est de nous motiver encore plus et de continuer notre travail de fourmis.

– Vous ne pensez pas que nous pourrions

faire quelque chose pour prévenir la récidive ? Je ne sais pas, peut-être recommander aux femmes seules de faire poser des chaînes de sûreté sur les portes...

– Je crois que ce serait inutile et dangereux. Cela créerait une panique épouvantable, et il y en aurait toujours qui ne le feraient pas. N'oublions pas que notre dingue est malin. Il prendrait le temps d'observer et parviendrait quand même à ses fins.

– Très bien, commissaire. Nous allons en rester là. Je compte sur vous pour me tenir au courant de tout.

Elle me fait un beau sourire et ajoute :

– Promis ?

Je lui rends son sourire en répondant :

– Promis !

Je n'ai jamais eu aussi mauvaise conscience...

17

– Comment allez-vous aujourd'hui, Mikaël ?

– Bien, docteur. Très bien !

– La dernière fois que nous nous sommes rencontrés, vous aviez fait un rêve érotique. Vous vous souvenez ?

– Oui, docteur. Je me souviens très bien.

– Je vous avais dit que c'était un rêve normal, que tous les jeunes garçons en font de semblables. Que c'était un bon signe ! Vous vous en souvenez ?

– Oui, docteur.

– Nous étions convenus de travailler ensemble aujourd'hui pour vous aider à faire la même expérience dans le monde réel. Qu'en pensez-vous ?

– Pas déjà, docteur ! C'est trop tôt ! Je ne suis pas prêt... J'ai encore rêvé...

– Toujours le même rêve ?

– Oh non, docteur ! C'était très différent cette fois-ci.

– Racontez-moi, Mikaël.

– L'homme n'est plus jamais là. Ma mère non plus n'est plus jamais là.

– Vous êtes seul ?

– Non. Il y a une femme qui m'attend.

– Où est-elle ?

– Dans l'appartement.

– Comment est-elle ?

– Je n'ose pas vous le dire.

– Vous savez bien que vous pouvez tout me dire. Pourquoi pas cette fois ?

– C'est gênant cette fois.

– Pourquoi ?

– Parce qu'elle est nue. Toute nue. Et je la prends dans mes bras. Et je la serre contre moi.

– Très bien. Et ensuite ?

– Ensuite, elle tombe sur le lit. Elle est sur le dos et je me couche sur elle.

– Que faites-vous ?

– Je me serre de plus en plus contre elle. Je sens mon sexe contre elle. Et puis il s'enfonce et c'est très doux. Vous comprenez, c'est très doux et en même temps très fort.

– Et alors ?

– Alors, c'est comme les autres fois. Vous savez bien, la vibration. Mais, cette fois, je ne perds pas connaissance et j'ai envie que ça continue, que ça dure longtemps.

– Et après ?

– Après, c'est fini. Mon rêve s'arrête. Mais je n'ai pas envie qu'il s'arrête. Je voudrais qu'il continue.

– Il ne faut pas être gêné, Mikaël. C'est un très beau rêve. C'est de cette manière que les

hommes et les femmes qui se rencontrent font l'amour. C'est un très bel acte, qui donne du plaisir. Ce plaisir, vous le partagerez un jour avec une femme que vous rencontrerez. Avez-vous réussi à parler amicalement avec des jeunes femmes ?

– Pas encore, docteur ! Je n'ose pas.

– Eh bien, ce sera désormais notre but. Nous allons travailler ensemble pour que vous arriviez à vous approcher des femmes. Vous avez fait un nouveau pas. C'est très encourageant. Essayez simplement de parler, juste de parler avec une jeune femme, et nous en discuterons la prochaine fois.

18

Je ne suis pas habitué à avoir autant de monde dans mon bureau. J'ai décidé d'associer les lieutenants à notre réunion. Ils sont arrivés à onze heures, en même temps que mes adjoints, qui, en habitués, leur ont montré la cafetière. Fred est en train de se servir. Cathy n'a pas eu cette peine : Mussard lui a déjà porté une tasse et s'est assis tout près d'elle. J'espère qu'elle sait se défendre car avec ce séducteur confirmé elle va avoir du mal. À moins qu'elle ne s'y prête, ce qui ne me regarde pas...

Il est temps de passer aux choses sérieuses :

– Vous êtes depuis trois jours en observation au casino. Jusqu'ici, cela n'a rien apporté de nouveau à l'enquête. Je voudrais que chacun de vous me donne son avis, me fasse le point sur cette situation. Maubland ?

– C'est difficile, commissaire. Depuis que nous faisons ce travail, je me pose des questions auxquelles je ne sais pas répondre...

– Lesquelles ?

– D'abord, sur notre véritable efficacité. Je me demande si nous n'avons rien vu parce que le tueur n'est pas venu. Dans ce cas, il faut continuer, mais comment savoir ? Autre question : le tueur est-il venu sans que nous l'ayons vu ? Quelle responsabilité ! Si notre théorie est juste, à un jour près, nous aurions été en planque pendant qu'il a pris l'empreinte des clés de Mme Lambert. Je ne peux pas m'empêcher d'y penser, commissaire. Et puis il y a la troisième possibilité : il est venu et n'a rien fait parce qu'il nous a repérés. Dans ce cas, nous sommes dissuasifs, nous empêchons la récidive. Jusqu'à quand ? Pourquoi n'irait-il pas dans un autre casino ?

– Ce sont les bonnes questions, Maubland, et je trouve votre réflexion excellente. Mais n'oublions pas que la quatrième victime n'a eu que le temps d'arriver et d'aller dans ce casino, pas dans un autre. Le point commun ne peut pas être ailleurs. De plus, nous avons affaire à un maniaque et c'est ce qui constitue peut-être sa seule faiblesse. Je ne pense pas qu'un type comme ça changera son territoire de chasse. Et vous, Evrart... Votre avis ?

– Je suis d'accord avec ce que dit Fred, mais je pense qu'il faut aller plus loin. Depuis que j'observe les joueurs, mon appréciation du risque a évolué. Au début, je voyais partout des gens laisser leurs clés sans surveillance. Mais quand on observe mieux, ce n'est pas aussi simple. D'abord, beaucoup d'hommes accompagnent leurs femmes. Ils ne restent pas derrière elles en permanence, mais ont tout de même un œil sur la machine. De la même manière, les habituées forment de véritables bandes et même sans avoir besoin de se le dire, les unes peuvent très bien surveiller les machines des autres. Finalement, les personnes vraiment à risque sont peu nombreuses. Et comme le tueur ne passe pas tous les jours à l'acte, nous sommes sans doute trop pressés. Je pense que si nous continuons assez longtemps, nous finirons fatalement par faire un flag.

– Très bien. Je tiens à dire que j'apprécie votre franchise et vos déductions. Nous ne changeons rien ! Vous continuez à vous organiser comme vous l'avez fait jusqu'à présent. Autre question ?

C'est Cathy qui prend la parole :

– Commissaire, est-ce que notre mission est toujours *top secret* ?

– Affirmatif.

– Mais nous sommes en situation régulière ?

– Aucun problème. Quand je donne des ordres, je couvre toujours ceux qui les exécutent.

– Merci, patron.

Je n'ai pas laissé transparaître mes doutes, mais elle a posé la bonne question. Nous ne pourrons pas continuer indéfiniment à tenir le boss et la juge à l'écart de cette planque.

Dès que je suis seul, je plie tout et je prends ma moto. Je dois voir plusieurs personnes dans la résidence de la rue de l'Estérel. Roch est déchaîné. Il pose des questions et me demande ensuite de venir pour faire répéter les déclarations. Je crois que ça lui rappelle le bon vieux temps. J'espère qu'il ne finira pas par en faire un peu trop.

Auparavant, je vais déjeuner chez Carla. J'expédie assez vite le repas car je suis attendu à treize heures. Au moment où je m'apprête à partir, elle me demande :

– Tu peux monter un moment à l'appartement ?

– Franchement, je n'ai pas le temps de faire la sieste.

– Qui parle de sieste ? J'ai seulement besoin de te parler confidentiellement. Ce ne sera pas long.

Elle prend l'escalier et je la suis en maugréant. Dès que nous sommes seuls, elle attaque :

– J'ai repensé à cette histoire de casino et de clés. Tu sais, Gilles, il y a un moyen d'en avoir le cœur net.

– Lequel ?

– Il suffit que j'aille au casino. Je laisse

mes clés le plus souvent possible sur des machines isolées. Toi, tu surveilles. Si un gars prend des empreintes, tu le repères et tu n'as plus qu'à le serrer.

Je réalise immédiatement que l'idée est excellente. Mais cela peut être dangereux. Je ne voudrais en aucun cas lui faire courir un risque. Je tiens trop à elle. Et puis, dans un coup de ce genre, je suis *out of limits* et, en cas de complication, la hiérarchie ne me couvrira pas.

– C'est une bonne idée. J'ai très envie d'essayer. Mais c'est risqué pour toi et il faut bien réfléchir avant.

– Mon chéri, tu n'as plus le temps de réfléchir si tu veux en sortir et, pour moi, c'est tout réfléchi. Et puis je ne vois pas en quoi je risque quelque chose si tu es là.

Je suis de plus en plus tenté. Je pèse le pour et le contre à toute vitesse. Si nous faisons un coup pareil, il ne faut rien laisser au hasard. Je ne dois pas être seul. Il faut que je demande à Mussard de venir, mais seulement lui. Personne d'autre ne doit être au courant.

Ma décision est pratiquement prise et je souris à Carla. Je n'ai pas besoin de lui parler, elle a déjà compris.

– Il faut que j'appelle Mussard.

– J'en étais sûre. Je te laisse. Si c'est d'accord, dis-lui de venir dîner à vingt et une heures. Nous irons après.

Elle descend pendant que je fais le numéro. Il décroche tout de suite. Je ne perds pas de temps :

– Vous êtes seul ? Vous pouvez parler ?

– Sans problème, patron.

– Voilà : Carla propose de faire la chèvre au casino. Nous allons tendre un piège. Je voudrais que vous soyez avec moi sur ce coup. Ce n'est pas régulier et je ne vous donne pas d'ordre. Vous êtes libre de venir ou non...

– Vous savez bien que je marche toujours avec vous, patron.

– C'est bon, j'en étais sûr. Mais sur une combine pareille, je ne veux personne d'autre. Il faut que vous appeliez les lieutenants pour leur dire de lever le camp à vingt et une heures. Dites aussi à Picard qu'il est libre ce soir.

– Je m'en occupe tout de suite.

– Rendez-vous, même heure, au bar. Vous êtes invité à dîner.

– Entendu, patron. À ce soir !

L'après-midi s'étire démesurément. Comme toujours en pareil cas, j'ai du mal à tenir en place. Je fais durer les auditions le plus longtemps possible pour éviter de penser. Roch boit du petit-lait.

La soirée est bien avancée quand j'arrive au bar, suivi de Mussard. Alors que Carla nous sert l'apéritif, il lève son verre en lui disant :

– Chapeau ! C'est une bonne idée et vous êtes gonflée de faire une chose pareille.

Elle ne répond rien, mais je sais que ça lui fait plaisir. Dès que le repas est servi, elle s'assied près de moi. Habituellement, elle s'efface quand je suis avec mes gars. Cette fois, elle est dans le coup et elle le fait savoir.

Nous prenons notre temps. Elle nous a préparé un délicieux gigot aux flageolets, et nous nous servons copieusement. Nous passons un moment agréable jusqu'à ce qu'arrive l'heure d'entrer en action. Nous n'allons pas loin, mais Mussard se déplace toujours en voiture et nous nous laissons faire.

La salle est assez calme. Carla choisit des machines isolées et ne cesse de partir chercher des jetons. Elle s'attarde à la caisse, va aux toilettes et même au bar en laissant ses clés. Nous nous relayons, à distance pour ne pas nous faire repérer. Tantôt l'œil sur la machine, tantôt derrière elle.

Il ne se passe rien.

Au fur et à mesure que la soirée avance, la salle s'emplit et le vacarme des machines augmente. J'observe les joueurs. Je devrais dire les joueuses car les femmes sont majoritaires. Certaines constituent effectivement de véritables petites bandes complices, qui ne se quittent pas. Elles s'approprient un secteur de la salle dont les autres ne peuvent plus s'approcher, se gardent mutuellement les machines et manifestent ensemble bruyamment selon les gains et les pertes.

D'autres, solitaires, paraissent plus tendues et même crispées. Elles appuient mécaniquement sur les boutons et regardent tourner les rouleaux avec anxiété. Ce sont ces dernières qui laissent le plus souvent les clés sans surveillance. À l'inverse, elles prennent les plus grandes précautions pour veiller sur leur sac à main qui ne les quitte pas et qu'elles serrent contre elles pendant qu'elles jouent.

Machinalement, je surveille leurs machines, en même temps que celle de Carla, quand elles vont à la caisse. Nous n'avons aucun mal à passer inaperçus. Beaucoup de maris accompagnent leurs femmes sans jouer et se baladent dans les allées, comme nous.

L'endroit le plus animé est le secteur réservé au poker. Les machines sont davantage occupées par des hommes, habitués et passionnés. Je suis étonné de la rapidité avec laquelle ils actionnent les boutons. Presque tous fument sans interruption, assis le plus loin possible du jeu, jambes levées et pieds posés sur le rebord des meubles. Cela leur donne un air décontracté qui contraste avec la nervosité de leurs gestes.

Finalement, je ne regrette pas le temps passé ici, à découvrir cette faune que je ne connaissais pas.

Un peu plus tard dans la soirée s'ouvre une table de boule. Je m'en désintéresse car, entourée d'un groupe dense, elle n'est visible que de près. De plus, elle n'a aucun rapport avec notre recherche.

Vers deux heures du matin, Carla se dirige ostensiblement vers la sortie. Nous la suivons. Elle va vers la voiture. Quand elle est à proximité, Mussard actionne la commande à distance. Les feux clignotent dans la nuit. Elle s'installe à l'arrière et nous la rejoignons.

Nous n'avons que quelques centaines de mètres à parcourir pour arriver chez elle. Nous restons un moment dans la voiture. Elle est la première à s'exprimer :

– Chou blanc ! Je n'ai remarqué personne qui paraisse s'intéresser à mes clés. Et vous ?

Je réponds :

– Personne non plus ! On peut se demander si nous ne faisons pas fausse route.

– Attendez, patron ! On ne peut pas dire une chose pareille. Rappelons-nous les propos de Cathy. Nous-mêmes n'avons jamais pensé, même dans nos rêves les plus fous, que le dingue se ferait repérer le premier jour.

– Je sais bien, mais notre affaire est tellement au point mort que j'ai hâte de voir bouger les choses. Et puis vous savez bien que ce que nous faisons est irrégulier et que nous ne pourrons pas continuer éternellement sans devoir donner des explications.

– Ce n'est pas dit. Pour l'instant, il ne s'agit que de sorties entre amis. Je ne vois pas à qui j'irais raconter que je suis en enquête, et vous encore moins. D'ailleurs, si c'était le cas, votre femme ne serait pas avec nous.

À chaque fois qu'il parle de Carla, il dit « votre femme ». Je suppose qu'il n'y met aucune intention. D'ailleurs il ne s'adresse jamais à elle en employant son prénom, bien qu'elle le lui ait suggéré. Il dit toujours « madame ». Pour lui, c'est la femme du patron. Il n'empêche que ce n'est pas le terme que j'aime entendre et, au début, j'ai parfois réagi. Et puis, à force, l'habitude aidant, j'ai cessé d'y prêter attention. Pourtant, je sursaute encore à chaque fois.

– Vous avez raison, Mussard. Nous allons continuer au moins une semaine sans nous décourager. Nous aviserons ensuite. Rendez-vous demain soir, même endroit, même heure !

Nous descendons. La voiture démarre. Quand Carla entre chez elle, je la suis.

19

Ce matin, une nouvelle fois, je me suis éveillé près de Carla. Dans ma tête, une petite sonnette retentit comme une alerte. J'ai toujours pensé que je ne devais pas prendre de telles habitudes avec elle. Seulement voilà, à force de rentrer tard ensemble du casino et de la suivre dans sa chambre, je ne repars plus chez moi. Après l'amour, nous nous endormons dans les bras l'un de l'autre et la nuit passe vite.

Avec ma première femme, les choses ne se passaient pas ainsi. D'abord, nous ne faisions pas l'amour tous les jours. Elle n'était pas toujours disponible et n'avait pas autant besoin de sexe. Et puis elle ne pouvait s'empêcher de se séparer de moi, et même de me tourner le dos pour s'endormir.

Si Carla faisait pareil, je suis sûr qu'il me serait facile de me lever et de rentrer chez moi. Seulement, elle fait l'inverse. Elle m'emprisonne contre elle et part dans le sommeil sans me lâcher, si bien que je finis par m'endormir sans la quitter, avec une sensation de possession décuplée.

Et c'est le danger. On va s'habituer et créer

des liens supplémentaires. Cela a déjà commencé. Elle n'avait jamais eu la clé de mon appartement, pas plus qu'elle ne m'avait confié la sienne. Avant-hier, j'ai dû la lui remettre pour qu'elle s'occupe de mon linge. Si ça continue, nous finirons par vivre vraiment ensemble, jusqu'à ce que la monotonie s'installe. Au bout de quelque temps, chacun cessera de mériter l'autre. Ensuite, nous nous décevrons avant de nous déchirer. Pourtant, j'avais bien dit « jamais plus ». Il va falloir que je fasse quelque chose.

Pour l'instant, elle est descendue. Je sais qu'elle va remonter avec un plateau. C'est très agréable, mais je ne fais plus de sport. Je vais m'empâter...

Cela fait maintenant quatre soirs que nous faisons notre cirque au casino. Pour rien. Pas le moindre geste suspect, pas le moindre soupçon. Mussard continue à jouer le jeu avec moi, mais je sens qu'il fatigue. Ses journées d'enquête sont longues et nous prenons ses soirées. Nous le privons de vie personnelle et je sais bien qu'il va falloir arrêter. Je lui en ai parlé hier soir. Il m'a rappelé que nous avions décidé de faire le point au bout d'une semaine. Il a ajouté en rigolant que, pour lui, une semaine dure sept jours.

L'enquête piétine lamentablement. Les médias n'en parlent plus parce qu'ils font leurs choux gras d'un tremblement de terre en Amérique du Sud. Ce n'est que partie remise.

Le boss ne supporte plus notre échec. Ce matin, il n'a pas hésité à me mettre en cause :

– Vous savez aussi bien que moi que ça ne peut plus durer. Dans cette enquête, il y a quelque chose qui cloche. Vous êtes un bon flic, Dupin, et je le sais. Mais peut-être que cette fois vous ne tirez pas du bon côté de la ficelle.

– Patron, je puis vous assurer que nous faisons tout ce qui peut être fait.

– C'est bien ce que je vous dis ! Vous êtes arrivé au bout de vos idées. Je suis persuadé que d'autres enquêteurs ne connaissant pas le secteur pourraient repartir à zéro et trouver d'autres pistes.

Il est assis dignement derrière son grand bureau. Il se tient très droit et me regarde franchement. Ses cheveux gris impeccablement coiffés ressortent sur le haut dossier de son fauteuil en cuir noir. Il ne m'engueule plus, mais, le connaissant bien, je sais que c'est parce qu'il se contrôle. Il reste flic jusqu'au bout des ongles et n'a pas oublié les bonnes vieilles méthodes. Il souffle alternativement le chaud et le froid. Il continue :

– Vous êtes bien conscient de l'importance de cette affaire. Quatre femmes tuées par un même type, c'est un record dans la région. Et ce n'est pas fini. Si nous n'arrêtons pas le tueur, il va continuer. J'en ai reparlé avec le professeur Duroc. Il craint le pire et je partage son point de vue.

Je sens qu'il va me retirer l'affaire ou m'obliger à la partager avec d'autres. Ce sera mon premier échec, alors que je suis peut-être sur le point d'aboutir. Le moment est venu de le lui dire :

– J'ai encore besoin de quelques jours, patron. J'ai une nouvelle piste en ce moment.

– Une nouvelle piste ? Quelle piste ?

– Je n'ai pas voulu vous en parler jusqu'ici. C'est peut-être de la superstition. Ou alors c'est parce que, cette fois, nous préférons attendre qu'elle se confirme pour l'évoquer.

Je m'aperçois que je me suis exprimé au pluriel. Il s'en rend compte :

– Qui, « nous » ?

– Tout le groupe, patron. Nous exploitons une nouvelle idée et c'est vraiment chaud. Vous devriez me faire confiance encore quelques jours.

Il réfléchit un bon moment. Je me demande s'il va marcher et je ne suis pas certain que je le ferais si j'étais à sa place. Pourtant, il finit par céder :

– D'accord, Dupin. Vous avez quarante-huit heures. Au-delà, vous passez la main.

Et comme pour bien marquer qu'il n'y aura pas de prolongation, il enfonce immédiatement le bouton de l'interphone et dit à son assistante :

– Prévoyez une réunion après-demain à dix heures. Je veux tous les responsables des groupes dans mon bureau. Sans exception.

J'ai compris le message. Il se lève, me reconduit et, arrivé près de la porte capitonnée, me serre longuement la main.

– Bon courage, Dupin !

Le soir venu, Mussard a dîné une fois de plus avec nous. Nous sommes au casino. Carla continue à laisser sa machine le plus souvent et le plus longtemps possible, les clés bien en vue. Ça devient vraiment monotone. Et puis, soudain, il se passe quelque chose.

Un jeune s'est assis à la place qu'elle vient de quitter. Il est vêtu d'un blouson de cuir et d'un jean. Chaussé de baskets, il porte des lunettes fumées et des gants. Il est caricatural : le bandit tel qu'on le montre dans les plus mauvais films. Je pense que c'est sûrement un original. Pourtant, il vaut mieux assurer. Je me dissimule derrière un pilier. J'appuie sur le « bis » de mon portable. Mussard décroche aussitôt. Je lui dis simplement :

– Un suspect à la machine !

Heureusement que nous avons pensé à

régler nos appareils sur le vibreur ! Il n'était pas loin et on aurait entendu la sonnerie d'ici. Il passe déjà dans l'allée, derrière le gars. Au moment où il s'éloigne, l'autre regarde rapidement à droite et à gauche, se saisit brusquement des clés et se dirige vers la sortie. Mon adjoint a vu le geste. En bon professionnel, il ne laisse rien paraître et se met à le suivre.

C'est ce qui est convenu : l'un de nous lui emboîte le pas pour essayer de faire un flagrant délit pendant qu'il prend l'empreinte, tandis que l'autre reste près de Carla. On ne sait jamais, il pourrait ne pas être seul.

Je la rejoins. Sur un signe, elle m'accompagne au fond de la salle. Je lui explique :

– Un gars a piqué tes clés. Mussard le file. Inutile de continuer à jouer. Tu vas au bar et tu attends. Exécution !

Dans le feu de l'action, je lui ai parlé comme à l'un de mes hommes. Elle se contente de sourire et suit mes injonctions.

Je me dirige vers l'entrée et me poste à un endroit d'où je peux voir toutes les personnes qui entrent ou sortent. Au bout de dix minutes, je trouve vraiment le temps long. Pourvu que Mussard ne se soit pas fait repérer ou, pire, ne soit tombé sur une bande de cambrioleurs ! En tout cas, j'espère qu'il va se tenir tranquille. Je lui ai bien fait la leçon : en cas de coup dur, il faut décrocher. Il ne manquerait plus qu'il prenne un mauvais coup...

Au bout d'un quart d'heure, mon téléphone vibre. C'est lui. J'entends son murmure :

– Tout va bien, patron. Facile à filer mais ce n'est pas ce que nous pensions. Il vient d'entrer dans un magasin qui fait des clés-minute. Il a allumé. Je le vois qui s'agite derrière le comptoir. Ne quittez pas, je vais m'approcher un peu.

J'attends un bon moment, puis il reprend :

– Ça y est ! J'entends le bruit de la machine. Il est en train de copier les clés. Je raccroche. Je vous tiens au courant s'il y a du nouveau.

Je mettrais ma main au feu que notre client va les remettre en place. Je file au bar. Je m'assois près de Carla, à qui je murmure :

– Tiens-toi prête. Quand je te ferai signe, tu interpelleras un employé pour qu'il t'aide à chercher tes clés. Fais-le carrément, que l'on te remarque bien. N'oublie pas de prendre quelques jetons car tout de suite après tu devras jouer et t'arranger pour perdre.

Elle sourit et ne peut s'empêcher de répondre :

– Ce ne sera pas difficile. Ce soir, je n'ai

pas gagné une seule fois. Heureusement qu'il y a le dicton : malheureux au jeu...

Ce n'est pas le moment de plaisanter. Je la coupe :

– Ensuite, tu dois repartir ostensiblement chez toi ! Ne t'inquiète pas, nous serons derrière toi.

Pendant que je retourne vers l'entrée, je l'entends dire :

– Mais je ne suis pas inquiète !

Après une assez longue attente, je sens à nouveau le vibreur.

– Il arrive au casino. Il ne m'a pas repéré. Je suis derrière lui.

Je vois effectivement entrer le suspect. Il se dirige vers l'endroit où il a pris les clés. Il ralentit et, pendant un moment, fait mine d'observer les joueurs. Puis il se dirige vers l'extrémité de la rangée. Il vérifie rapidement qu'il n'est pas observé et lance les clés derrière une machine. Le geste a été si rapide que si je n'avais pas été en alerte, je n'aurais rien vu. Il s'éloigne rapidement. Mussard le suit. Je reste à bonne distance. Notre homme entre dans les toilettes.

Un moment plus tard, il en ressort. Il n'a plus de lunettes ni de gants et son blouson, ouvert, laisse apparaître une chemise aux couleurs vives. Il regagne la salle de jeu et se dirige vers le même secteur. Il s'installe à une machine, sort quelques jetons de sa poche et fait mine de jouer. D'où il est, il voit parfaitement l'endroit où il a remis le trousseau.

Je me dirige vers Carla, qui me guette. Je lui fais signe. Un moment plus tard, elle arrive flanquée d'un surveillant de salle. Elle s'agite et il tente de la calmer. Ils se mettent à explorer systématiquement les espaces libres derrière les machines, dans toute la travée.

Pendant qu'ils attirent l'attention, j'appelle Mussard :

– Je pense qu'il va la suivre pour voir où elle habite. Vous le filez. Je ferme la marche. Dès que nous sommes arrivés, vous le serrez.

– Compris ! Terminé.

Au bout d'un moment, Carla et son aide retrouvent les clés. Elle le remercie bruyamment. C'est plus vrai que nature : elle lui donne même un pourboire.

Elle s'installe et utilise les jetons qu'elle porte dans un pot. Au bout d'un moment, elle a tout perdu. Elle se lève, remet son gilet et se dirige vers la sortie. Tout se passe comme prévu. Il la suit sans trop se cacher jusque chez elle.

Au moment où elle ouvre sa porte, il commence à s'éloigner. Mussard lui saute dessus, il se met à crier, j'arrive en renfort. Il lui passe les menottes, mains dans le dos, et le fouille avec soin pendant que je le tiens. Il pose ce qu'il trouve sur le capot d'une voiture : portefeuille, mouchoir et un trousseau de clés usagées : pas de trace de celles qu'il vient de confectionner. Dans les poches intérieures de son blouson se trouvent les lunettes, les gants et quelques jetons.

Je vais vers Carla. Je suis ennuyé de ne pas avoir récupéré les doubles et je le lui dis :

– Il va peut-être falloir changer les serrures...

Elle éclate de rire.

– Tu penses bien qu'il n'a pas copié mes clés ! J'avais pris un vieux trousseau oublié au bar par un client qui n'est jamais venu le chercher.

Je ris avec elle, puis je l'embrasse et cours vers la voiture. Le gars est à l'arrière, attaché à une poignée de maintien. Il ne bouge plus, l'air abattu. Je monte près de Mussard et lui dis :

– À la boutique ! Et, s'il vous plaît, pas de sirène et pas d'excès de vitesse. N'oubliez pas ce que vous m'avez dit le premier soir : nous ne sommes pas en service !

Il sourit à l'évocation de sa propre plaisanterie. Ma recommandation s'avère inutile. Les voies sont dégagées à cette heure et nous avançons vite sans prendre le moindre risque. À l'arrière, notre suspect ne bouge pas, ne dit rien. Il est prostré, comme absent.

En arrivant, nous nous rendons directement dans une salle d'audition. C'est une pièce nue, pas très bien éclairée. Les murs et le sol sont gris, ce qui contribue à lui donner un air sinistre. Au milieu, une table et quatre chaises. Rien d'autre, pas même un portemanteau. Pas de fenêtre permettant d'aérer. Il y règne une atmosphère confinée, dans laquelle se mélangent des odeurs de tabac et de transpiration.

Mussard pousse le jeune homme jusqu'à une chaise. Il lui ôte les menottes, le fait asseoir et reste debout dans son dos. Notre gars ramène ses bras devant lui et se frotte les poignets, puis il pose ses mains sur la table. Il me regarde fixement. Je ne parviens pas à déterminer ce qui domine en lui, l'étonnement ou la peur :

– Votre nom ?

– Mikaël Fort.

– Votre âge ?

– Vingt et un ans.

– Votre adresse ?

– 15, rue du Levant, à Juan-les-Pins.

– Votre profession ?

– Vendeur. Je travaille dans une serrurerie...

– Je sais. Nous vous avons suivi. C'est là que vous êtes allé ce soir reproduire des clés dérobées au casino. Pourquoi avez-vous fait cela ?

– Je ne sais pas. Je ne suis pas un voleur.

– Très bien. Vous n'êtes pas un voleur, c'est entendu. Vous êtes un assassin !

– Je ne comprends pas. Vous devez vous tromper. Je n'ai jamais tué personne.

– Je ne vous crois pas. Moi, je pense au contraire que vous avez tué plusieurs femmes.

– Mais non. Je vous dis que vous faites erreur. Je n'ai jamais fait une chose pareille.

Il continue à me regarder fixement. Quand je l'ai traité d'assassin, il a rougi. Maintenant, la peur a pris le pas sur l'étonnement. Pendant un court instant, je me pose la question de sa culpabilité. Quelles que soient les présomptions, rien jusqu'ici ne permet d'affirmer, de manière juridique ou scientifique, qu'il est le tueur que nous recherchons.

Mais je pense aussitôt à ce qu'a dit le psychologue. Si le personnage qui est devant moi est celui qu'il nous a décrit, il tue au cours de délires et oublie ensuite ce qu'il a fait. Comment le faire réagir ?

Si c'est vraiment un psychopathe, il faut que je le pousse à bout. Il faut que je trouve un moyen. Je sais que chaque fois qu'il tue, il effectue les mêmes gestes et reproduit le même décor. C'est sûrement important pour lui. Je vais essayer de décrire brutalement la scène qu'il crée :

– Vous entrez chez elles, et c'est pour cela que vous copiez leurs clés. Ensuite, vous les couchez nues sur le lit et vous les frappez dans le dos avec un couteau...

Il se lève d'un coup. Mussard le fait rasseoir et le maintient par les épaules. Maintenant, il est très agité. Il crie :

– C'est faux ! Il n'y a pas de couteau ! Et d'abord c'est mon rêve, vous n'avez pas le droit d'en parler !

– Comment ça, votre rêve ? Et pourquoi je n'ai pas le droit d'en parler ?

– Vous ne pouvez pas savoir. Il n'y a que le docteur qui sait. Il a promis qu'il ne le dirait à personne.

– Quel docteur ?

– Celui qui m'écoute.

– Quel est son nom ?

– C'est le docteur Chabeau. Il n'a pas le droit de le raconter !

Il s'est à nouveau effondré. Cette fois, il a posé sa tête sur son bras. Il pleure. Entre les sanglots, il ne cesse de répéter :

– C'est pas juste. Il m'avait promis. Il n'a pas le droit.

Ce garçon est complètement fou. Je suis incapable de continuer ce cirque. Je fais signe à Mussard de le surveiller et je sors.

Arrivé dans mon bureau, j'ouvre le Minitel. Le docteur Chabeau est un psychiatre de Juan-les-Pins. Je fais son numéro professionnel, à tout hasard. Je tombe sur un répondeur, ce qui est logique au beau milieu de la nuit. Il n'y a pas d'autre numéro. Je suppose qu'il est en liste rouge et je n'ai aucune chance d'obtenir sa ligne personnelle avant demain, sauf à mettre tout de suite dans le coup la juge et le boss. C'est encore trop tôt. Étant donné que j'ai fait cavalier seul, j'ai intérêt à ne les appeler qu'après avoir bouclé l'affaire.

Je regarde un plan. L'adresse du cabinet se situe à la Badine. C'est un quartier pavillonnaire. Il est probable qu'il habite au même endroit. En tout cas, ça vaut la peine d'essayer. Je retourne dans la salle. L'homme est endormi sur la table. Je mets Mussard au courant de ma démarche et je lui donne mes instructions :

– Surtout, bouche cousue ! Personne n'entre ici, personne ne lui parle jusqu'à mon retour.

– Vous pouvez compter sur moi, patron.

Et il sourit en ajoutant :

– Cette fois j'y crois ! Je sens que nous tenons le bon bout.

Toujours aussi optimiste. J'espère qu'il a raison.

20

Je prends la voiture de service et je file vers Juan-les-Pins. Je roule bien, sans difficulté, et j'arrive rapidement.

La rue se situe entre la déviation et le boulevard Poincaré. Il n'y a effectivement que des villas. Au numéro indiqué sur Minitel, il y a bien la plaque du docteur. Je crois que j'ai de la chance. C'est une grande maison, il doit habiter sur place.

Je sonne à deux reprises sans résultat. La troisième fois, je laisse le bouton enfoncé et j'attends. Au bout d'un moment, une fenêtre s'ouvre à l'étage. Un homme apparaît. Il est furieux :

– Qu'est-ce que vous me voulez ? Vous avez vu l'heure ?

– Vous êtes le docteur Chabeau ?

– Bien sûr. Vous n'avez pas vu la plaque ? C'est pour quoi ?

– Commissaire Dupin ! Police judiciaire ! Je dois vous entretenir d'une affaire très urgente.

– En pleine nuit ?

– Oui ! J'insiste, docteur. Accordez-moi quelques minutes.

Après une courte réflexion, il se résigne :

– Donnez-moi un instant.

Il ferme la fenêtre. Au bout d'un moment, le porche s'éclaire. La porte s'ouvre et il vient jusqu'à moi.

– Je peux voir votre carte ?

Il l'examine avec soin, me la rend et ouvre le portail. Nous traversons l'entrée et il m'invite à pénétrer dans sa salle d'attente.

Il porte une robe de chambre et des savates. De taille moyenne, il se tient très droit. Il a belle allure et donne l'impression d'un homme en pleine forme. Ses traits sont réguliers sous une abondante chevelure grise. Son visage est en partie dissimulé par les verres épais de ses lunettes à grosse monture.

– Vous voulez vous asseoir ?

– Pas le temps. Merci. Connaissez-vous Mikaël Fort ?

– Pourquoi me demandez-vous cela ?

– Parce que j'ai de bonnes raisons de croire qu'il est votre patient.

– Vous savez bien que je suis lié par le secret professionnel.

– Je sais, mais l'affaire est extrêmement grave. Nous venons de l'arrêter. Il est soupçonné d'assassinat.

– Ce n'est pas possible ! C'est vrai qu'il est mon patient et je le connais bien. C'est un garçon qui vit dans un monde virtuel. Je ne peux pas vous en dire plus.

Il faut qu'il soit plus précis. Je décide d'employer les grands moyens :

– Nous avons de sérieuses raisons de penser qu'il a assassiné au moins quatre femmes.

– Vous parlez des crimes dont la presse a fait état ces derniers temps ?

– Oui. Toujours le même scénario : nues, couchées sur le ventre, mains liées, lardées de coups de couteau dans le dos.

Il accuse le coup. Son visage se décolore. Il prend le temps de réfléchir, paraît se ressaisir. Et c'est d'un ton calme et professionnel qu'il me demande :

– Comment êtes-vous arrivé jusqu'à moi ?

– Quand je lui ai décrit les crimes dont il est accusé, il les a niés, soutenant que ce ne sont pas des crimes mais des rêves. Puis il est entré dans une grande fureur en disant que vous étiez seul à connaître son rêve et que vous n'aviez pas le droit de me le raconter. Il a pleuré un moment, puis s'est prostré et a fini par s'endormir. C'est à ce moment que j'ai estimé que je devais vous voir le plus vite possible.

Il se voûte d'un seul coup, paraît manquer d'air et se laisse tomber sur une chaise. Il prend sa tête entre ses mains et je l'entends murmurer :

– Mon Dieu...

Au bout d'un moment, il se redresse et me regarde en disant :

– Donnez-moi quelques instants pour m'habiller. Je viens avec vous.

Pendant qu'il se prépare, je décide d'appeler Chloé sur sa ligne personnelle. Dieu merci, ce n'est pas un répondeur, mais la sonnerie dure longtemps et je commence à désespérer. Soudain, j'entends sa voix ensommeillée :

– J'écoute ?

– Commissaire Dupin. Pardonnez-moi de vous appeler à une heure pareille, mais c'est extrêmement important.

– Qu'est-ce qui se passe ?

– Je crois que nous tenons le tueur.

– Où est-il ?

– À Nice. En salle d'interrogatoire.

– Vous êtes sûr que c'est lui ?

– Pratiquement.

– Vous l'avez placé en garde à vue ?

– Justement, madame la juge. C'est pour cela que je vous appelle. Il est complètement dingue, hors d'état d'entendre ses droits ou de comprendre qu'il est en garde à vue. Il m'a donné le nom de son psychiatre et je suis allé le trouver. Je suis à Juan, devant chez lui. Il va me rejoindre d'un instant à l'autre et je vais l'emmener à Nice. Êtes-vous d'accord pour qu'il rencontre son patient ?

– De toute manière, il a droit à un médecin. Pour une fois que nous avons un suspect qui en a réellement besoin, je ne vois pas de raison de m'y opposer.

– Merci, madame la juge. Il arrive, je vais démarrer...

– Ne raccrochez pas ! Je pars aussi pour Nice. Ne faites rien d'autre jusqu'à mon arrivée.

– Bien compris. À tout à l'heure.

Le docteur saute dans la voiture. Dès que j'ai démarré, il me questionne :

– Comment savez-vous que c'est lui ?

– Nous avons un faisceau d'indices.

– Comment l'avez-vous arrêté ?

– Tout ce que je peux vous dire, c'est que notre suspect est prostré et que nous n'en tirons rien. Comme il aura droit à un médecin à un moment ou un autre et qu'il est hors d'état d'exprimer un choix, j'ai pris sur moi de venir vous chercher. Je ne peux rien vous révéler de plus.

– Je vous remercie, commissaire.

Il a compris et ne dit plus rien jusqu'à Nice.

En arrivant, je le conduis vers la salle d'interrogatoire. Une glace sans tain permet de voir ce qui se passe à l'intérieur. Mikaël Fort est affalé sur la table, tête posée sur ses bras repliés. Mussard somnole sur sa chaise.

Je lui fais signe de me suivre jusqu'à mon bureau et je lui donne les consignes :

– Les charges qui pèsent sur le suspect étant extrêmement lourdes, il est hors de question que vous restiez seul avec lui. En conséquence, mon adjoint ne quittera pas la pièce pendant que vous vous entretiendrez avec lui. Vous demeurez seul juge de ce que vous lui direz et nous n'interviendrons sous aucun prétexte. Je me permets toutefois d'insister pour que vous vous efforciez, si c'est possible, de lui faire comprendre qu'il est placé en garde à vue.

– Je vois, commissaire.

Je le conduis jusqu'à la porte, mais je le laisse entrer seul dans la pièce.

Un quart d'heure plus tard, la porte du bureau s'ouvre brusquement et Chloé se trouve devant moi. Elle n'a pas perdu de temps et je serais étonné qu'elle ait respecté les limitations de vitesse.

Elle n'a pas dû traîner non plus pour se préparer. Elle porte un pantalon en velours côtelé retourné sur des petites bottes de cuir et un pull à col roulé. Cheveux encore en bataille, elle n'est pas maquillée et je suis étonné de la trouver aussi fraîche dans de pareilles circonstances.

Elle se laisse tomber sur un siège et je lui tends aussitôt une tasse de café. Elle jette un regard circulaire et me dit :

– Pas mal, votre bureau. Je ne l'imaginais pas ainsi ! Alors, comme ça, vous avez résolu notre affaire. Comment avez-vous fait ?

– Depuis plusieurs jours, nous avions établi un point commun entre toutes les victimes : elles jouaient au casino, ainsi d'ailleurs que Mme Bonfils. Vous vous souvenez que nous perdions leur trace à la Pinède. Eh bien, c'est là qu'elles allaient...

– Et vous saviez cela la dernière fois que nous nous sommes réunis. Pourquoi ne pas l'avoir dit ?

– C'était trop tôt, madame la juge. C'était juste une idée à creuser, il fallait approfondir...

– Je vois...

Il est temps de changer de sujet :

– Savez-vous qu'au casino les gens qui vont chercher des jetons réservent leur machine en y accrochant leurs clés ?

Elle me regarde, interloquée.

– Bien sûr que non ! Je ne vais jamais au casino.

– C'est ce point qui a attiré mon attention et j'ai aussitôt pensé qu'une personne mal intentionnée pouvait parfaitement prélever des clés et en prendre une empreinte...

– Et c'est ce qu'il faisait ?

– Même pas. En fait, il travaille chez un serrurier à proximité et il allait directement faire des copies.

– Mais ça prend du temps.

– Oui. Au retour, il les jetait dans un coin et la victime finissait par les retrouver, persuadée de les avoir perdues. Il n'avait plus qu'à la suivre jusque chez elle.

– Vous l'avez pris sur le fait ?

– Oui, madame la juge. Un flag avec Mussard. Nous l'avons vu copier les clés, et nous l'avons cueilli au moment où il venait de repérer la porte d'entrée de sa prochaine victime.

– En voilà une qui revient de loin !

Inutile de lui dire de qui il s'agit. Je pense qu'elle en sait assez. Elle reprend :

– Et maintenant ?

– Le suspect est avec son psy depuis une demi-heure. Il a crié, puis s'est prostré et même endormi, comme soulagé. Je pense qu'il faudrait ordonner un prélèvement de salive pour l'ADN. J'ai également besoin de faire une perquisition chez lui.

– Pas de problème pour la perquisition. Pour le prélèvement, il vaut mieux obtenir son accord...

Elle se rend compte que je la regarde complètement éberlué et ajoute :

– À défaut, je pense qu'il vaut mieux agir en accord avec le médecin.

Le moment est venu de lui faire réaliser l'état dans lequel se trouve Mikaël Fort. Je lui demande de me suivre et nous allons l'observer par la vitre.

Il est éveillé et fixe le psychiatre, assis en face de lui. Son visage n'exprime rien, son regard est fuyant, il ressemble à une bête aux abois. Mussard est assis dans son dos.

Pendant qu'elle le regarde, je la sens frissonner près de moi. Je prends son bras et nous repartons. Au bout d'un moment, le docteur Chabeau nous rejoint. Je fais les présentations. Il me dit :

– Désolé, je ne suis pas en mesure de lui faire comprendre qu'il est en examen. Il est persuadé que c'est moi qui l'ai trahi et je n'en tirerai plus rien.

La juge le considère d'un air incrédule et je me rends compte que je ne lui ai pas parlé du rêve. Il nous explique ce dont il s'agit :

– Mikaël Fort est schizophrène. Les crimes, s'il en est bien l'auteur, ont été commis dans des situations de délire où il n'était plus lui-même. Il venait ensuite me les raconter comme des rêves, et rien ne me permettait de déceler que c'était vrai.

Le voilà qui commence à préparer ses arrières. Bien entendu, il n'aura jamais une part de responsabilité dans ce qui s'est produit. Je crois qu'il est temps de revenir à la réalité :

– Nous avons la signature ADN du tueur. Nous avons besoin de lui faire un prélèvement de salive pour contrôler. Pensez-vous que ce soit possible dans son état actuel ?

– Certainement, commissaire. Si je comprends bien, ces analyses pourraient permettre de se passer de ses aveux ?

– C'est bien cela.

Il se tourne vers Chloé et ajoute :

– Je pense qu'il devrait être conduit le plus rapidement possible en milieu psychiatrique et recevoir les soins appropriés à son état. Il y a des chambres de sûreté à l'hôpital et aucun risque d'évasion...

Je ne suis pas d'accord et je le dis :

– Tant qu'il est en garde à vue, j'en suis responsable, sous le seul contrôle de madame la juge. Je ne vois pas d'inconvénient à le faire hospitaliser, mais jusqu'à nouvel ordre je maintiendrai un policier devant sa porte.

Je me tourne vers la juge, qui confirme :

– Il reste sous surveillance policière. Je souhaite que les médecins qui vont le prendre en charge collaborent sans retard à la prise de sang.

Je pars organiser le transfert, le psy sur les talons. Pas question d'ambulance. Il est menotté et part avec deux lieutenants dans une voiture du service. Le médecin se joint à eux.

À mon retour, je trouve Chloé qui m'attend. Je sers deux cafés et je m'installe en face d'elle.

Pendant qu'elle boit lentement, je fais le numéro personnel du boss. Je pense qu'il ne me pardonnerait pas d'attendre le matin. Et j'avoue que je me réjouis d'avoir une occasion de le réveiller, histoire de lui rappeler que nous travaillons aussi la nuit.

Il décroche assez vite et me surprend car il ne paraît pas du tout gêné.

– C'est Dupin, patron. Je vous appelle pour vous annoncer que j'ai arrêté le tueur.

Il ne semble même pas étonné :

– Votre dernière piste ?

– Exact.

– Bravo, Dupin ! J'ai bien fait de vous donner quarante-huit heures de plus.

C'est bien lui ! Dans cinq minutes, ce sera grâce à lui. Il ne me demande aucun détail et se contente de dire :

– Dès que tout sera bien ficelé, avertissez-moi, que j'organise une conférence de presse.

Vous y serez associé. J'aimerais bien intervenir avant le procureur. Vous pouvez arranger ça ?

– Bien sûr. Je m'en occupe.

Chloé n'a pas bougé. Elle me regarde d'un air sévère. Je sais qu'elle a des choses à me dire.

– Commissaire, je devrais vous en vouloir et même me plaindre de vous auprès de vos supérieurs. Vous êtes vraiment incorrigible !

Puis elle sourit et ajoute :

– Mais vous êtes efficace et jamais désagréable, si bien que je suis toujours trop faible avec vous. Il faudra sans doute que je consulte un psychiatre pour qu'il me dise pourquoi je vous passe tout...

Nous éclatons de rire et j'entends son rire qui s'éloigne dans le couloir alors qu'elle repart se coucher.

Épilogue

Tout est allé très vite le lendemain. Le patron a réussi à donner sa conférence de presse avant tout le monde. C'était un hymne à la gloire de son service et les journalistes ont adoré entrer dans son jeu. Présenté comme une sorte de super-flic, je ne savais plus où me mettre. Heureusement, j'ai pu m'échapper avant la fin. Personne ne me l'a reproché et, à vrai dire, je pense que le boss ne s'en est pas rendu compte ou qu'il s'en est accommodé.

Mikaël Fort n'a jamais pu être interrogé et je ne l'ai plus revu. Notre tueur était pitoyable, perdu dans son monde imaginaire et déstructuré par la prétendue trahison de son médecin.

Son rêve était brisé. Ce rêve tragiquement réel, qui avait coûté la vie à quatre femmes n'ayant qu'un seul point commun : jouer au casino.

Les psychiatres ont expliqué que sa mère était une femme inconséquente qui le laissait seul pour aller jouer au casino et qui recevait des hommes chez elle pour payer son jeu. Mikaël avait rêvé qu'il la punissait et chaque fois, dans son délire, était allé la chercher devant les bandits-manchots qui avaient gâché son enfance.

Expertisé par plusieurs spécialistes assermentés, il a fait l'objet d'une mesure d'internement.

Considéré comme définitivement irresponsable, il ne sera jamais jugé.

Cette décision, si justifiée soit-elle, me laisse insatisfait. Pour moi, l'internement, c'est comme la perpétuité. Ce n'est pas une mesure définitive.

Un jour, il pourra se trouver des psychiatres pour considérer qu'il est guéri. Que se passera-t-il alors ?

Sa culpabilité ne fait aucun doute. La perquisition menée à son domicile a permis de retrouver les clés de toutes ses victimes, qu'il conservait comme des reliques dans un bocal dissimulé dans le placard de sa salle de bains. Les analyses ont par ailleurs confirmé sa signature ADN pour tous les meurtres.

Pour moi, responsable pénalement ou non, Mikaël est un tueur en série et je sais que, selon les statistiques actuellement connues, tous les tueurs en série libérés ont récidivé. Tous, sans aucune exception, ont tué à nouveau avant d'être repris.

Seulement, il semble bien que je sois le seul à avoir des états d'âme.

Je n'ai plus jamais entendu parler du docteur Chabeau, qui continue à exercer son art auprès des déprimés et psychopathes.

Chloé Pérot a été soulagée que cela finisse ainsi. Je savais déjà qu'elle n'est jamais aussi satisfaite que lorsqu'elle boucle un dossier. Celui-ci n'a pas fait exception à la règle et elle a pu partir rapidement en vacances.

Le patron ne savait que faire pour m'être agréable. Il a voulu me féliciter et j'ai eu toutes les peines du monde à le convaincre que l'homme de la situation avait été le capitaine Picard.

Quant à la presse, elle s'est à nouveau déchaînée, mais cette fois dans le bon sens. Ce n'est pas mieux. C'était à celui qui obtiendrait une photo ou une interview de Gilles Dupin, « le commissaire à la moto qui a arrêté le tueur en série ».

Je n'ai pas pu le supporter.

J'ai obtenu une semaine de congés que je vais aller passer dans le Berry. Je suis sûr que, là-bas, mes copains d'enfance seront plus intéressés par la pêche des étangs ou l'ouverture de la chasse que par mes prétendues prouesses.

Ce sera le retour aux sources dont j'ai besoin.

Et puis Carla a accepté de venir avec moi... à condition que je lui promette d'aller avec elle en Corse la prochaine fois...

PRIX DU QUAI DES ORFÈVRES

Le prix du Quai des Orfèvres, fondé en 1946 par Jacques Catineau, est destiné à couronner chaque année le meilleur manuscrit d'un roman policier inédit, œuvre présentée par un écrivain de langue française.

• Le montant du prix est de 777 euros, remis à l'auteur le jour de la proclamation du résultat par M. le Préfet de police. Le manuscrit retenu est publié, dans l'année, par la Librairie Arthème Fayard, le contrat d'auteur garantissant un tirage minimal de 50 000 exemplaires.

• Le jury du Prix du Quai des Orfèvres, placé sous la présidence effective du Directeur de la Police judiciaire, est composé de personnalités remplissant des fonctions ou ayant eu une activité leur permettant de porter un jugement sur les œuvres soumises à leur appréciation.

• Toute personne désirant participer au Prix du Quai des Orfèvres peut en demander le règlement à M. Éric de Saint Périer, secrétaire général du Prix du Quai des Orfèvres, 53, rue de Babylone, 75007 PARIS, téléphone : 01 47 05 87 84. E-mail : p.q.o@wanadoo.fr. La date de réception des manuscrits est fixée au 15 avril de chaque année.

PRIX DU QUAI DES ORFÈVRES

Le prix du Quai des Orfèvres, fondé en 1946, par Jacques Catineau, est destiné à couronner chaque année le meilleur manuscrit d'un roman policier inédit, œuvre présentée par un écrivain de langue française.

• Le montant du prix est de 777 euros, remis au lauréat le jour de la proclamation du résultat [illegible] par M. le Préfet de police. Le manuscrit primé est publié [illegible] par la Librairie Arthème Fayard [illegible]

• Le jury du prix du Quai des Orfèvres [illegible] de la Police judiciaire [illegible]

• [illegible] Prix du Quai des Orfèvres [illegible] 36, quai des Orfèvres [illegible]

Cet ouvrage a été mis en pages
par ÉTIANNE COMPOSITION
à Neuilly-sur-Seine.

Impression réalisée sur Presse Offset par
BRODARD ET TAUPIN
La Flèche

pour le compte des Éditions Fayard
en novembre 2002

Imprimé en France
Dépôt légal : novembre 2002
N° d'édition : 29189 – N° d'impression : 15878
ISBN : 2-213-61300-1
35-17-1500-4/01